Morde sind nie einfach. .

(Die Versuche auch nicht!!)

Krimi - Kurzgeschichten mit überraschenden
Ausgängen von

Ron Mc Gobha

Diese Geschichten sind völlig frei erfunden.
Jede Ähnlichkeit mit lebenden oder toten
Personen wäre rein zufällig und keinesfalls
von mir gewollt.

Ron

Erklärendes Vorwort

Ich vergleiche unser Gehirn mit einem sehr leistungsstarken Computer.
(Natürlich mit Hard,- und Software).
Als Hardware würde ich unser Grundwissen, die Erfahrungen und das Vererbte bezeichnen.
Die Software speichert die augenblicklichen Eindrücke, das flexible, täglich neue Erleben. Dabei werden unsere normalen Abläufe, (im Hintergrund, sozusagen) automatisch von der Hardware weiter gesteuert z.B.: Gleichgewicht halten, Atmen, gehen, schauen, riechen usw. Nun zum entscheidenden Aspekt, der mich veranlasst hat, dieses Buch zu schreiben!
Unser Gewissen wird uns ständig daran erinnern, wenn wir etwas Falsches gemacht haben. (Meine persönliche Meinung!)
Zur Plage wird es, wenn wir uns diesen mahnenden Gedanken, aus welchen Gründen auch immer, nicht stellen wollen. Es wird sich festfressen und uns krank machen. Negative Erinnerungen und Erlebnisse aus der Vergangenheit beeinflussen unser Leben viel mehr, als wir das zu glauben bereit sind.
Es gibt da einen schönen Spruch:
Ein ruhiges Gewissen ist (immer noch) ein wahrlich sanftes Ruhekissen.

Da ist viel Wahres dran, denn verdrängte, vielleicht sogar vom Täter verharmlosend gesehene und dargestellte Verbrechen, wie in meinen konstruierten Fällen, können trotz vorgetäuschter, überheblicher Gleichgültigkeit beim Verursacher zu einigen Belastungen führen, die sein Leben stark beeinflussen kann, Schlaflosigkeit, Kurzatmigkeit, panikartige Attacken, unberechenbare Fehleinschätzungen, Schweißausbrüche, und nicht zuletzt auch zu Sinnestäuschungen und Wahnvorstellungen.

Man wird jeden Blick, jede Äußerung einer Person anders deuten, auf sich und seine Tat beziehen, denn wenn die eigenen Gedanken sich immer wieder damit beschäftigen, so ist es kein Wunder, wenn man dem Gegenüber die negativen Strömungen unterstellt.

Der zufällige, harmlos gemeinte Blick eines Uniformierten kann schon zu einer falschen Reaktion führen.

Kurz gesagt: Das Gewissen wird uns keine Ruhe mehr lassen und treibt . . . . .

Wohin?

Lesen Sie, wie sich das in meinen Romanen entwickelt . . . .

Ron, earrach   2016
Ron, Frühling 2016

Das Gewissen, das böse Gewissen . . .

Er saß hellwach aufrecht im Bett! Hatte sie ihn gerade gerufen? Vorsichtig drehte er den Kopf zur Seite, schloss konzentriert die Augen und horchte angestrengt zum offenen Fenster: „Ronny, komm . . " . . .Da! Da war´s wieder! Aber wie konnte das sein? War sie es wirklich? Augenblicklich brach ihm der kalte Schweiß aus allen Poren. Er wischte sich mit dem Unterarm über die Stirn: „Das war sie nicht!" versuchte er sich zu beruhigen und rutschte, immer noch zweifelnd wieder zurück in die feucht-klammen Kissen.
Ein leichtes, unangenehmes Lüftchen wehte durchs Zimmer, viel zu schwach, um etwas auszurichten . . . . dennoch rutschte ein Bild auf der Kommode bis zum Rand und fiel scheppernd auf den gefliesten Boden. Jetzt war es mit der Ruhe endgültig vorbei! Natürlich war an Schlaf nicht mehr zu denken. Er nahm seinen Mut zusammen, warf die Bettdecke zur Seite und sprang auf, um das Fenster zu schließen. Als er das Bild aufhob, erwartete er, nach dem klirrenden Geräusch zu urteilen, ein zersplittertes Glas. Zu seiner Verwunderung sah er im Halbdunkel des Zimmers, wie ein Lichtpunkt über das Foto glitt und dabei an

einer Stelle pulsierend verharrte. Zitternd ging er zur Tür und knipste die Deckenbeleuchtung an, um sich das Bild näher anzusehen. Das Frontglas seines Hochzeitsfotos war ganz geblieben, aber was war das? Sein Kopf war weggebrannt! So, als hätte man eine Zigarette auf dem glänzenden Papier ausgedrückt! Aber wie konnte das sein . . . . durch das unversehrte Glas? „Ronny . . . . ich werde dir keine Ruhe mehr gönnen!" raunte die Stimme leise in sein Ohr! Er wirbelte herum, aber er war immer noch alleine im Zimmer. Achtlos warf er das Bild wieder auf den Boden, wankte ins Bad und schaute in den Spiegel. Ein alter Mann war er geworden. Tiefe Falten lagen auf seiner Stirn, dunkle Ränder umrahmten seine Augen! Der laufende Wasserhahn füllte das Wasser in seine zusammengelegten Hände. Dann beugte er sich vor, tauchte das Gesicht hinein und ließ die kühlende Feuchtigkeit auf seine Haut wirken. Dann hob er den Kopf und schaute in den Spiegel, während die Tropfen von seinem Kinn ins Becken fielen.

Seine Gedanken waren wirr und unkontrolliert. In den letzten Nächten hatte er ähnliche Träume gehabt, aber diesmal war es besonders schlimm gewesen, so realistisch. Er musste dringend noch einmal in den Wald, noch heute und sich vergewissern, dass sie wirklich noch da draußen lag! Vor einem Monat hatte er sie hinterrücks erschlagen und danach dorthin gebracht und in einer schnell gegrabenen Grube verscharrt. Er hatte ein neues Leben anfangen wollen, alleine, ohne sie . . . und an diesem verhängnisvollen Tag vor vier Wochen war plötzlich die Gelegenheit dazu endlich gekommen! Zuerst hatte er noch gehofft, dass sie von alleine gehen würde, einfach aus seinem Leben verschwinden würde, aber er hatte sich getäuscht. Dann kamen ihm diese perversen Gedanken in den Kopf. Ein Unfall! Es müsste doch die Möglichkeit geben, sie durch einen Schicksalsschlag endgültig loszuwerden. Es kam noch ganz anders! Es hatte sich einfach so ergeben!

Vor drei Jahren hatte er noch gehofft, dass er die Attraktivität, dieses anfängliche Gefühl zu seiner Frau neu verfestigen könnte, aber das Wesen, das er einmal geliebt hatte, sah im Vergleich zu seiner neuen Gespielin einfach wie eine alte Jungfer aus. Er fand nichts Attraktives mehr an ihr. Jedes Mal, wenn er nach Hause kam oder er nach der Arbeit seine Freunde besuchen wollte, plärrte sie los: „Ronny! Lass mich nicht schon wieder alleine!" „Nimm mich doch mit zu deinen Freunden, ich kenne sie immer noch nicht alle!" Wenn es später geworden war, vielleicht

6

sogar schon morgens, so erwartete sie ihn mit lästigen Fragen: „Wo warst du die letzte Nacht? Hast du eine andere?" Er konnte das nicht mehr hören. Schon immer hatte er seine Augen nicht mehr unter Kontrolle, wenn eine attraktive Frau sein Blickfeld kreuzte. Er zeigte sich dann von seiner charmantesten Seite und flirtete, was das Zeug hielt, ungeachtet der Tatsache, ob seine Frau dabei war, oder später von einem gemeinsamen Bekannten davon erfahren könnte. Sein Jagdtrieb war unersättlich. Den Bezug zur Realität hatte er dabei immer mehr verloren und glaubte nun tatsächlich, dass sein Leben immer so weitergehen würde. Junge, willige Frauen hatte er kennengelernt und kam missmutig nach Hause, wenn er danach dann sein Eheweib ansah. Er bemerkte jetzt jeden, noch so kleinen Makel an ihr. Frustriert griff er immer öfter zur Flasche und wurde ihr gegenüber schnell handgreiflich, weil er einfach mit seiner Lebenssituation nicht mehr klar kam. Er wollte auch nicht mit ihr darüber reden. Bald konnte er ihre Fragen, ihr Geschwätz nicht mehr hören! Sie war ihm zuwider geworden, er konnte sie nicht mehr ertragen. Deshalb hatte er diesen entsetzlichen, letzten Ausweg gesehen, nachdem sein erster Plan, sie vor den Nachbarn als verwirrt und irre darzustellen, gescheitert war! Er hatte sich das ausgedacht und Sachen von ihr versteckt und behauptet, dass sie selber zu oberflächlich und zerstreut sei, ihren Geist und das Gehirn nicht mehr unter Kontrolle zu haben. Oft musste sie ihn deshalb logischerweise nach dem Autoschlüssel, ihrer Lesebrille oder dem Handy fragen. Dann hatte er natürlich leichtes Spiel und holte, gespielt suchend, versteht sich, diese Dinge, die er dort hingelegt hatte, vorwurfsvoll wieder heraus. Dabei schüttelte er den Kopf und schaute sie an. Er dachte an die Berichte von alten Menschen, die ihre Brille oder das Portemonnaie in den Kühlschrank gelegt und dort vergessen hatten. Trotzdem schien sie nicht an ihrem Verstand zweifeln zu wollen, denn da das nur zuhause passierte, konnte sie sich mit der Zeit einen Reim darauf machen und versuchte, seine plumpen Versuche zu übersehen. Im Augenblick hatte er eine weitere Liebschaft mit der neuen Arbeitskollegin angefangen. Ein junges Weib, das genauso vergnügungssüchtig war, wie er. Aber an einem Abend, den er sich nach dem gewaltsamen Verbrechen mit der jungen Geliebten in seinem Haus besonders schön ausgemalt hatte, passierte es. Sie stand am Fenster und schaute verträumt in den Garten, das Glas Rotwein in der Hand.

Da spürte er sie, direkt hinter sich, wie aus dem Nichts - seine verschwundene Frau Marlene, umgeben von einem eiskalten Wind, der ihm in den Rücken zog. Er drehte sich vorsichtig um, schemenhaft verschwommen schien sie auf ihn zuzukommen und schaute ihn aus leeren Augen durchdringend an.

Ihr Kopf war blutverschmiert. Verwirrt und entsetzt sprang er zur Seite: „Verwinde! Mach dich endlich aus meinem Leben! Ich will alleine sein! Wo kommst du überhaupt her?"

Mit einem Lächeln zerfiel die Traumgestalt seiner Ehefrau und er sah in das verzweifelte Gesicht seiner kleinen Freundin. Sie zitterte, ließ ihr Glas fallen und ging schluchzend an ihm vorbei in den Flur: „Um mir das zu sagen, lockst du mich hierher? Wenn du genug von mir hast, dann sag es frei heraus!" Was sollte er jetzt dazu sagen? Wie sollte er ihr erklären, dass sie gar nicht gemeint war? Als sie den Mantel angezogen hatte, kam sie kurz noch einmal zurück ins Wohnzimmer: „Kläre erst einmal, was du wirklich willst! Lass dich scheiden, dann sehen wir uns vielleicht noch einmal wieder, aber so sind die Dinge für mich untragbar. Ich bin für ehrliche Verhältnisse."

Sie drehte sich um und ging. Sollte das alles umsonst gewesen sein? Die Kriminalpolizei ermittelte noch und hatte vorsorglich seine

Konten gesperrt. Für ihn unerklärlich, ließ die Auszahlung der Lebensversicherung auf sich warten . . . . ja sein Brief wurde noch nicht einmal beantwortet. Warum hatte er bloß zu voreilig gegenüber der Polizei immer wieder beteuert, dass seine Frau nur weggefahren sei? „Sie wollte zu einer Bekannten!" Das hatte er immer wieder, trotz besseren Wissens behauptet und die Beamten nahmen das zur Kenntnis, aber es schien, als würde man das nicht glauben. Diese verwirrenden Angaben, die skeptischen Blicke der Beamten, all das zermürbte sein Hirn. Es war alles viel zu schnell gegangen! Er hätte überlegter handeln sollen! Es war nur zu gut zu verstehen, dass die Beamten der Kripo diese Widersprüche nicht einfach ignorieren konnten.

Unter den ermittelnden Kollegen war eine Diskussion entstanden: „Wieso, frage ich mich, wendet er sich in dieser ungeklärten Situation an die Versicherungsgesellschaft, wenn er seine Frau doch nur als vermisst gemeldet hat?" Der Oberkommissar hatte größte Zweifel, dass der Mann ihnen alles gesagt hatte. Ronny verwickelte sich in Widersprüche, aber für eine Verhaftung reichte das nicht aus. Er hatte sich hoffnungslos verheddert. Seine Panik und die seltsamen Träume konnten nur von seinem geplagten

Gewissen herrühren. Er versuchte, so normal wie es ihm irgendwie möglich war, seiner Arbeit nachzugehen. Tagsüber hatte er das bis jetzt auch ganz gut hinbekommen, aber die Situation mit seiner Freundin, eben im Wohnzimmer, überforderte ihn und er brauchte lange, bis er es einigermaßen verdrängt hatte. Aber wenn ihm die eigene Ehefrau immer wieder im Traum erschien, so zerfraß es ihn innerlich. Sein Chef brachte immer noch großes Verständnis für ihn auf und schob seine häufigen Fehler auf die Ausnahmesituation, in der er sich wegen der verschwundenen Ehefrau befand. Aber wieso unternahm die Polizei nichts, um diese ominöse Bekannte zu finden? Mit ihr zu sprechen? Hatte die Kripo andere Informationen oder war er gesehen worden, als er mit dem Geländewagen in den einsamen Waldweg gefahren war?

Gab es doch Zeugen, die ihn in jener Nacht gesehen und die er trotz seiner Vorsicht nicht bemerkt hatte?

Er ging ins Schlafzimmer und schaute sich das Hochzeitsbild an. Das Glas hatte jetzt einen Sprung, aber der Brandfleck war noch deutlich zu sehen. Er nahm das Foto aus dem Rahmen, warf die Glassplitter in den Papierkorb und steckte das Bild ein.

Als er am nächsten Morgen im Büro seine Jacke über die Stuhllehne hing, fiel das Foto auf den Boden, direkt vor die Füße seines Chefs. Der bückte sich, hob es auf und betrachtete das Bild kurz, legte dann vertraulich die Hand auf seine Schulter und sagte: „Herr Berg, ich verstehe Ihre Sorge. Stellen Sie es auf Ihren Schreibtisch. Sie wird wieder zu rückkommen, ich spüre das!" Zitternd nahm er das Foto an sich und wagte eine Frage . . . diese entscheidende Frage: „Ist das nicht seltsam?" Sein Vorgesetzter war gerade im Begriff, das Büro wieder zu verlassen und drehte sich noch einmal zu ihm um: „Wie? Was meinen Sie?" Er ging auf ihn zu und legte seinen Zeigefinger auf den Brandfleck. „Na, das meine ich! Ich weiß nicht, wie das dahin gekommen ist." Sein Gegenüber nahm seine Lesebrille, setzte sie auf und betrachtete ausführlich das Foto. „Ihre Hochzeit. Und was ist da jetzt besonders? Ich weiß nicht, was Sie meinen? Sie sind etwas fülliger geworden, ist es das? Sonst fällt mir nichts auf!" Er legte das Bild zurück auf den Schreibtisch, denn Ronald Berg machte keine Anstalten, es wieder zurückzunehmen. Sein Chef sah ihn lange an, denn sein Angestellter schien völlig abwesend zu sein: „Sie sprechen von einem Flecken? Das Foto ist völlig unversehrt. Ich sehe keinen Flecken!" Kraftlos fiel Ronald zurück in den Bürosessel. Dann nahm er das Bild wieder an sich, aber er traute sich nicht, es anzusehen. „Ist Ihnen nicht gut? Mann, Sie sind ja ganz blass! Soll ich Ihnen ein Glas Wasser bringen?" Er musste sich zusammenreißen. Ein Ruck ging durch seinen Körper, er stand auf und murmelte etwas von einem schlechten Schlaf in der letzten Nacht. Krampfhaft bemüht, sich nichts mehr anmerken zu lassen, schaute er seinen Chef an: „Geht schon wieder, danke!" Dann drehte er sich auf dem Stuhl zum Aktenschrank und schloss ihn auf. Als er das hölzerne Rollo hochgeschoben und verriegelt hatte, entnahm er mit zitternden Händen das unbearbeitete Körbchen und bevor er es auf den Tisch stellen konnte, kippte es um und die Papiere flatterten unter den Schreibtisch. Er fluchte laut und bückte sich, um die Papiere aufzuheben, als er bemerkte, dass sein Chef noch im Raum war und ihn seltsam musterte. „T`schuldigung, Chef! Ich bin etwas daneben. War noch was?" Der Vorgesetzte ging zur Tür: „Wenn Sie Urlaub brauchen, sagen Sie es! Das mit ihrer Frau geht Ihnen gewaltig an die Nieren. Sie wird bei einer Bekannten sein! Das vermuten Sie doch, oder nicht?" Zitternd presste Ronny die Akten an seine Brust, ungeachtet der

Tatsache, dass er sie damit völlig zerknitterte. Da stand er, wie ein Häufchen Elend.

„Ehrlich, Herr Berg, ich habe Sie wirklich immer geschätzt, aber heute sind Sie völlig neben der Spur. Gehen Sie nach Hause, das ist ja nicht mit anzusehen, wie Sie sich quälen!" Dann verließ er kopfschüttelnd das Büro. Berg spürte selbst, dass er in dieser Verfassung nicht in der Lage war, sich auf seine Arbeit zu konzentrieren. Wie von seinem Chef und den Kollegen vorgeschlagen, zu einem Psychiater zu gehen, um sich dort professionelle Hilfe zu holen, stand für ihn aus mehreren Gründen nicht zur Debatte. Er hatte Angst, dass ihn der erfahrene Facharzt schnell durchschauen und anzeigen könnte, Schweigepflicht hin oder her, er hatte in diese Richtung kein Vertrauen mehr, zu wem auch immer. Natürlich schwirrten ihm seine wirren Träume im Kopf. Er müsste nur konsequent immer wieder alles leugnen. Man konnte ihm nichts nachweisen, wie denn auch? Davon war er felsenfest überzeugt. Wenn nur diese Alpträume aufhören würden, diese realistischen Besuche seiner Frau, die ihm immer wieder den erforderlichen Schlaf raubten.

Ihre Sichtweise (Vier Wochen zuvor)

Sie hörte, wie er mehrfach versuchte, das Schlüsselloch der Haustür zu treffen. Zitternd rannte sie ins Schlafzimmer und schloss sich ein, denn sie wusste, was ihr jetzt bevorstand. Wenn ihr Mann irgendwelche Probleme auf seiner Dienststelle gehabt hatte, kam er immer total betrunken nach Hause. Dann musste sie für sein Unvermögen büßen! Das war ihre Erklärung für solche Situationen. Sie hatte oft versucht, dann besonders nett zu ihm zu sein . . ohne Erfolg! Wehren konnte sie sich erst recht nicht, denn er war zu stark für sie und fand immer einen Anlass, dann mit ihr zu streiten und ließ seine Fäuste sprechen. Die traurigen Resultate waren mehrfach blaue Flecken, eine aufgeplatzte Lippe, bis hin zu gebrochenen Rippen gewesen. Im Krankenhaus hatte sie nicht gewagt, den wahren Grund dieser Verletzungen zu nennen, denn natürlich nahm sie seine Drohungen ernst, sollte sie etwas anderes behaupten, als dass sie die Kellertreppe herunter gefallen oder im Garten gestolpert wäre.

Was für plumpe Begründungen, die der Unfallarzt oder ihr Hausarzt immer wieder von misshandelten Frauen hören musste!

Aber im letzten Fall ließ er ihre Erklärung nicht mehr gelten. Zu lange schon hatte er mit sich gehadert und benachrichtigte jetzt die Polizei, denn er kannte seine Patientin und ihren cholerisch veranlagten Ehemann viel zu gut. Das Maß war voll. Diesmal handelte die Polizei. Als sie den mittlerweile wieder ausgenüchterten Mann heftig ins Gebet genommen hatten, wurde es jedoch zuhause für sie wider Erwarten und trotz all seiner Beschwörungen noch schlimmer. Dann blieb er für mehrere Tage weg und roch nach fremdem Parfüm, wenn er wieder auftauchte. Den Lippenstift an seinem Hemdkragen konnte sie nur noch mit Gallseife entfernen . . . ihm dazu eine Frage zu stellen, wagte sie aus verständlichen Gründen nie mehr. Als sie wieder einmal alleine im Hause war, kam eine gute Freundin zu Besuch. Sie kannte die Verhältnisse und redete ihr ins Gewissen: „Du musst ihn verlassen, bevor es zu spät ist! Geh in ein Frauenhaus und reiche die Scheidung ein! In dem Zustand lasse ich dich auf gar keinen Fall alleine!" Marlene war gerade im Keller, um eine Flasche zu holen, als sie oben ein Möbelrücken hörte. Es polterte und krachte, danach fiel die Haustür ins Schloss. Als es wieder ruhig war, ging sie mit dem Sekt zurück ins Wohnzimmer.

„Heike?" Die Wohnung war leer, das Sofa stand schräg im Raum und der Teppich war verschoben. „Wieso ist die einfach gegangen, ohne mir „Auf Wiedersehen zu sagen?" Verwirrt ging sie zurück in den Keller, um zu bügeln. Sie würde Heike gleich zuhause anrufen und nach dem Grund ihres plötzlichen Verschwindens fragen. Als nach anderthalb Stunden die Haustür ging, wusste sie sofort, dass es nur ihr Mann sein konnte, denn Heike hatte keinen Schlüssel vom Haus. Laut fluchend ging er durchs Haus, führte Selbstgespräche und faselte etwas von: Der hab ich´s gezeigt! Er schien unberechenbar und Marlene, die immer noch glaubte, er hätte damit eine, seiner Liebschaften mit der Äußerung gemeint, löschte das Licht. Sie wollte diesem Grobian jetzt nicht noch einmal als Prügelknabe dienen. „Miststück! Wo hat sie nur die Versicherungsunterlagen hingelegt?" Er wuselte in jeder Schublade und fluchte nur umso mehr, weil er wohl nicht das fand, was er so dringend suchte. Sie schlich leise ins Gästezimmer, das sich direkt neben ihrer Waschküche im Keller befand und schloss sich ein. Zitternd saß sie im Bett, aber ihr Mann kam nicht, um sie zu suchen! Er rief sie auch nicht und schien sie nicht zu vermissen. Sie musste wider Erwarten doch noch eingeschlafen sein, denn als sie endlich wach wurde und auf ihre Armbanduhr schaute, war es schon Mittag. Oben im Haus war wieder Ruhe eingekehrt und sie wagte sich vorsichtig nach oben. Auf dem Wohnzimmertisch lag ein offener Briefumschlag. Sie nahm den Zettel heraus . . . Es war ein kurzer, handgeschriebener Abschiedsbrief, ihr Abschiedsbrief! Zweifelsfrei hatte er den gefälscht, warum? Wieso konnte er sicher sein, dass sie nicht zurückkommen würde? Zurückkommen von wo? Sie hatte doch das Haus gar nicht verlassen! Sie konnte damit nichts anfangen und beschloss, das Schreiben zu kopieren, um damit die Scheidung einzureichen, so wie es ihre Freundin geraten hatte. Neben dem PC stand der Kopierer. Sie steckte die Abschrift ein, legte das Original zurück, nahm ein paar Anziehsachen sowie ihre Handtasche und verließ ihr Haus, bevor er wieder zurück war. Als sie an der Bushaltestelle wartete, nahm sie ihr Handy und versuchte, ihre Freundin anzurufen. Sie sollte erklären, warum sie gestern Abend so plötzlich gegangen war, aber sie schien das Klingeln nicht zu hören. Seltsam war das schon! Als der Bus kam, stieg sie ein, löste eine Fahrkarte bis ins Centrum und grübelte gedankenversunken darüber nach, welchen Grund sie gehabt haben konnte, einfach ohne ein Wort der Erklärung zu gehen. Hatte sie etwas Falsches gesagt? Hatte es ein Missverständnis gegeben? Sie konnte sich nicht an etwas Derartiges erinnern und entschloss sich kurzerhand, bei ihr zu klingeln, denn heute war ihr freier Tag und sie würde zuhause sein . . . hoffte sie zumindest! Nach mehrfachem, vergeblichen Klingeln öffnete eine Nachbarin erschrocken ihr Fenster: „Entschuldigen Sie, dass ich Sie anspreche, aber ich dachte, Frau Soltau wäre zurückgekommen und hätte ihren Schlüssel vergessen! Ist das Ihre Schwester? Sie sehen sich auf den ersten Blick aber zum Verwechseln ähnlich!" Marlene lächelte: „Das haben schon viele gesagt, nein tut mir leid, wir sind nur gute Freundinnen. Ist sie nicht da? Ich habe versucht sie anzurufen und auf die Klingel reagiert sie auch nicht!" „Ich mach Ihnen auf! Kommen Sie einen Augenblick zu mir, erste Tür rechts!" Schon ertönte der summende Ton und Marlene lehnte sich an die Tür, die sofort aufsprang. Sie ging die fünf Stufen im Treppenhaus hoch und wartete vor der unteren Tür. Heike Soltau wurde schließlich von ihrem Arbeitgeber als vermisst gemeldet, denn sie hatte einen wichtigen Termin nicht wahrgenommen, sich nicht krank gemeldet und ihr mobiles Telefon hatte man in einem Wald zuletzt geortet, bevor das Signal ausblieb. „Entweder ausgeschaltet oder der ist Akku leer!" meinte die Kripo, die keinen Zusammenhang mit dem angeblichen Verschwinden der Ehefrau sah . . . noch nicht sah! „Das ist jetzt die zweite Frau, die als vermisst gemeldet wurde!" Kommissar Jäger hielt gerade die Anzeige in seinen Händen, als es an der Tür klopfte: „Ja, bitte?" Eine junge Frau kam zögernd in sein Büro: „Herr Jäger?" Franco erhob sich und bot der Frau einen Stuhl an: „Ja, Kommissar Jäger. Was führt Sie zu mir?" Die Frau schien sehr nervös zu sein und legte die Haarsträhne, die ihr ins Gesicht gefallen war, wieder hinter ihr Ohr. „Ich war schon bei zwei verschiedenen Beamten. Man hat mir schließlich Ihren Namen genannt . . . " Jäger schaute die Frau auffordernd an: „Ja? Ich höre?" Sie nahm ein Papiertaschentuch, schnäuzte sich, zerdrückte es und behielt es nervös in der Hand: „Sie ermitteln in der Sache Heike Soltau? Man hat hier eine Vermisstenanzeige gemacht, habe ich erfahren. Das wird ihr Arbeitgeber gewesen sein, nehme ich an. Sie ist meine beste Freundin, müssen Sie wissen. Ich habe sie damals lange gesucht, nachdem sie einfach so verschwunden war, aber das sie immer noch weg ist? Wohin? . . "

Sie redete wie ein Wasserfall und war nun nicht mehr zu bremsen. Als Kommissar Jäger gezielte Fragen stellte, atmete sie tief durch, beruhigte sich und erzählte der Reihe nach, was sich, aus ihrer Sicht zugetragen hatte und seit wann sie die Freundin vermisste.

Dabei erwähnte sie auch, dass sie sich nicht mehr nach Hause traute, weil ihr Mann sich danach sehr seltsam verhalten hatte: „Schauen Sie!" Die Frau öffnete umständlich ihre Handtasche und legte die Fotokopie auf den Schreibtisch: „Das lag im Wohnzimmer, ich meine natürlich das Original! Ich hab das fotokopiert, bevor ich ging, weil ich es nicht verstehe. Lesen Sie mal, was da steht! Das soll ich geschrieben haben, aber das war ich nicht! Das ist auch nicht meine Handschrift. Ist das nicht merkwürdig? Ich verstehe das nicht!" Sie wiederholte sich und Kommissar Jäger war wie elektrisiert. „Wie war Ihr Name nochmal? Frau?" Marlene antwortete: „Entschuldigung, Neuburg! Marlene Neuburg!" Der Beamte tippte den Namen auf die Tastatur seines Computers und bekam sofort die Daten auf den Bildschirm. Er las, überrascht von dem Ergebnis, laut vor: „Hauptstraße 7, Sie sind Frau Marlene von Neuburg?" Erwartungsvoll schaute er sie an: „Ja, das ist meine Adresse," sie verbesserte sich sofort: „Das **war** meine

Anschrift, meine ich. Bis vor kurzem, bevor ich meinen Mann verlassen habe!"

„Bitte bleiben Sie! Ich muss sofort meinen Vorgesetzten holen! Möchte Sie einen Kaffee?" Jetzt nahm die Geschichte eine ungewöhnliche Wendung. Man musste behutsam vorgehen, um herauszubekommen, was der Ehemann vom Verschwinden der Freundin wusste und warum er angeblich seine eigene Frau suchte.

Nachdem sie alles zu Protokoll gegeben hatte und die Ratlosigkeit der Beamten sah, wurde ihr klar, dass sie sich so schnell nicht von ihrem Mann befreien könnte. Bei den seltsamen Fragen kam ihr ein Gedanke in den Sinn, den sie nicht wahrhaben wollte . . . und doch schien das die einzig logische Erklärung dafür zu sein, dass sich ihr Mann so sicher fühlte und auf die Auszahlung ihrer Lebensversicherung spekulierte. Dazu brauchte man jedoch Gewissheit über den Tod dieser Person. Eine Leiche . . . . ihre Leiche!

Sie bat die Beamten eindringlich, ihr Hotel keinem zu verraten und war sichtlich erleichtert, als der Oberkommissar Hellwig ihr zu verstehen gab, dass nach dem Schreiben zu urteilen, zumindest ein Anfangsverdacht gegen ihren Mann bestand und sie rund um die Uhr Personenschutz genießen durfte.

Eine Spur?

„Hallo? Ist da die Polizei? Ich will eine Meldung machen!" Oberkommissar Hellwig war am Apparat: „Sagen Sie zuerst Ihren Namen und von wo Sie anrufen, ich sehe hier auf meinem Display keine Nummer!" Unbeeindruckt, so als hätte der Beamte die Gegenfrage nicht gestellt, fuhr der Anrufer fort: „Ich bin doch mit der Polizei verbunden?" Jetzt war sich der Leiter der Mordkommission sicher, hielt mit der Hand den Hörer zu und flüsterte seinem Kollegen zu: „Anonym! Mach schnell, Teilnehmer feststellen!" Dann nahm er den Apparat wieder ans Ohr: „Entschuldigung, ich musste was zum Schreiben suchen, ja, ich höre?" Der Anrufer beeilte sich mit deutlich verstellter Stimme, eine angebliche Beobachtung zu schildern, die er vor einiger Zeit in einem benachbarten Waldstück gemacht hatte. Er beschrieb die Stelle sehr genau. Dort sollte es einen Streit zwischen einem Pärchen gegeben haben. Der Mann wäre plötzlich wütend geworden, habe die Frau niedergeschlagen und an der gleichen Stelle verscharrt. Dann sei er zu einem schwarzen Wagen mit ausländischem Kennzeichen gelaufen und mit hoher Geschwindigkeit wieder weggefahren. Da der

Lautsprecher eingeschaltet war, sahen sich die anwesenden Beamten erstaunt an, während Jäger fieberhaft an der Zentrale daran arbeitete, den Anrufer zu lokalisieren. Bevor Hellwig eine weitere Frage stellen konnte, hatte er schon das Freizeichen in der Leitung. Der Anrufer hatte aufgelegt.

Kurz darauf kam sein Assistent ins Büro zurück und schüttelte den Kopf. „Die Zeit war zu knapp, tut mir leid!" Hellwig rieb sein Kinn, ein untrügliches Zeichen dafür, dass er berechtigte Zweifel hegte. Die Geschichte mit dem angeblichen Tathergang, die Wochen, die zwischen der Tat und dem Anruf lagen und der plötzliche Sinneswandel des Mannes, sich mit dieser Meldung jetzt zu äußern . . . . das war unglaubwürdig. Kurz gesagt: Es stank zum Himmel.

„Vorsichtshalber sollte die Spurensicherung trotzdem gleich mit rausfahren. Entweder ist das eine Fehlmeldung, es will sich jemand wichtig tun oder da will einer etwas mit erreichen, aber was?" Er schüttelte den Kopf, denn noch konnte er sich darauf keinen Reim machen. „Komm Franco! Wir schauen uns das mal an! Vielleicht finden wir ja doch etwas, das diesen seltsamen Anruf erklärt!"

Nach einer halben Stunde waren sie zusammen mit den Kollegen der Spusi in dem beschriebenen Waldstück. „Halt an! Hier soll das gewesen sein!" Die Beamten stoppten ihre Fahrzeuge und stiegen aus: „Sieht auf den ersten Blick nicht so aus, als könnten wir hier etwas finden!" Trotzdem zogen die Männer ihre weißen Overalls an, stülpten die Plastiküberzieher um ihre Schuhe und schlüpften in die blauen Latexhandschuhe. Mit dünnen Eisenstangen gingen sie nebeneinander vom Weg ab und stachen in regelmäßigen Abständen vorsichtig unter das Blätterwerk. Einem Instinkt folgend, drehte sich Hellwig nach allen Seiten um: „Pst" zischte er leise und machte eine Kopfbewegung zum Waldrand, wo er meinte, einen Lichtreflex gesehen zu haben. „Was ist?" antwortete Jäger. „War da was?" Sein Chef wiegte den Kopf hin und her. „Ein Fernrohr vielleicht? Aber bevor wir da sind, wird der über alle Berge sein, sofern es überhaupt so war. Vielleicht hab ich nur eine Glasscherbe gesehen, die vom Sonnenlicht hier herübergelenkt wurde." Ihre Unterhaltung wurde jäh unterbrochen, denn die Kollegen blieben stehen und fixierten eine Stelle mit roten Fähnchen. „Habt ihr was?" rief er und der Leiter nickte und machte eine eindeutige Bewegung. „Bingo! Der Anrufer hatte Recht!

Das ist nun ein wichtiger Zeuge!" sagte Franco und sein Chef schaute ihn ernst an: „Oder es war der Täter selbst, der uns auf eine falsche Spur locken will! Wir werden sehen, was die Obduktion bringen wird! An die Arbeit!"

Das vereinbarte Klopfzeichen an der Tür sagte ihr, dass es sich um die Beamten der Mordkommission handeln musste. Trotzdem schaute sie durch den Türspion und löste erst die Vorlegekette, als ihr Jäger seinen Dienstausweis gezeigt hatte. „Wir haben eine traurige Mitteilung für Sie! Ihre Freundin ist tot! Sie wurde ermordet!" Marlene trat einen Schritt von der Tür zurück und ließ die beiden Beamten herein. Jetzt fühlte sie sich auch in ihrem Hotelzimmer nicht mehr sicher. „Wieso . . woher wissen Sie das?" „Wir haben gestern die Wohnung Ihrer Freundin durchsucht und danach versiegelt. Anhand ihrer Haarbürste haben wir ihre DNA mit einer aufgefundenen Person verglichen und eindeutig festgestellt, dass zum gleichen Zeitpunkt Ihres Auszugs aus der Wohnung, Ihre Freundin ermordet wurde." Marlene hielt beide Hände vor ihr Gesicht. Sollte es tatsächlich so sein, dass ihr eigener Ehemann etwas damit zu tun hatte? Ihre düsteren Gedanken, ihre erste Vermutung schien sich zu bewahrheiten.

„Wir haben eine Idee und wollen Sie fragen, ob Sie uns dabei behilflich sind!" Marlene verstand nicht, was die Beamten wollten und folgte ihnen in den Wohnbereich der Hotelsuite. „Wir haben die Vermutung, dass Ihr Mann dahinter steckt. Er scheint Sie mit der Freundin verwechselt zu haben. Wie könnte er sonst auf den Gedanken gekommen sein, Ihre Versicherung anzurufen?" Marlene setzte sich: „Und? Was haben Sie jetzt vor?" Hellwig ließ die Katze aus dem Sack: „Wir stellen ihm eine Falle! Ist er schuldig, so wird er entsprechend reagieren und sich verraten. Ist er unschuldig, so muss er sich doch freuen, dass Sie leben und wieder aufgetaucht sind. Sehen Sie das nicht auch so?" Sie ging zu der Hausbar und nahm ein kleines Fläschchen Whisky. Es war normalerweise nicht ihre Art, so früh am Morgen einen Drink zu nehmen. Jetzt brauchte sie ihn! Sie drehte die Blechkappe ab und schüttelte den Inhalt glucksend in den Mund. Eine wohlige Wärme strömte in ihren Magen. Sie fühlte sich gleich ein wenig besser. „Entschuldigen Sie, wollen Sie auch einen Drink?" Jäger wollte schon aufstehen und ja sagen, als Hellwig für beide sprach: „Danke, wir sind noch im Dienst!"
Sie setzte sich wieder. „Was schwebt Ihnen vor?" Auf diese Frage hatte Hellwig gewartet.

Er kramte ein Handy hervor, stellte es ein und legte es vor ihr auf den Tisch. „Seine neue Rufnummer ist schon drin. Sie brauchen nur auf den grünen Knopf zu drücken, der Lautsprecher ist eingeschaltet, wir werden alles mithören."

Als Marlene zögerte, ergänzte Hellwig schnell: „Wenn Sie damit einverstanden sind!" Marlene wollte auch Gewissheit. Es war verwirrend und doch einsichtig, dass Ronny wohl ihre Freundin erschlagen hatte, weil er sie verwechselte. Er konnte an diesem Tag nicht wissen, dass sie da war und ähnlich sahen sie sich allemal. „Gut, ich mach s! Einen Augenblick noch!" Sie atmete tief durch: „Was soll ich sagen?" Hellwig gab ihr Anweisungen und Marlene drückte den grünen Knopf des mobilen Telefons. Ein regelmäßiges, lautes Tuten klang durch das Hotelzimmer und Hellwig schaltete das angeschlossene Aufnahmegerät ein. „Er sieht keine Nummer und überlegt jetzt!" erklärte der Beamte leise und nickte der Frau zu, weiter anklingeln zu lassen. Marlene beschlich eine ungeahnte Nervosität. Sie musste sich auf die Worte konzentrieren, die ihr der erfahrene Beamte gesagt hatte. Da klickte es in der Leitung und ein zögerliches „Hallo?" ertönte. Auch an diesem einen Wort erkannte sie ihn sofort. Sie ließ sich ein wenig Zeit und flüsterte dann ganz leise die Botschaft in den Hörer, die ihr der Beamte angeraten hatte. „Jetzt haben sie mich gefunden! Es war sehr kalt, da draußen!" Aufmerksam hörten sie, wie sich der Atem des Angerufenen beschleunigte. Er schien etwas sagen zu wollen, aber was auch immer er da faselte, man verstand kein einziges Wort. „Ronny, bist du mir noch böse?" Diese Worte, die sie unbedingt loswerden sollte, kamen ihr sehr schwer über die Lippen. „Äh . . .ah . . Mar . .Marlene?"

Ihr Mann war überrascht, ängstlich, panisch, aber nicht erfreut darüber, dass sie sich bei ihm meldete. „Warum?" fragte sie weiter leise in den Hörer. „Warum hast du das gemacht?"

Sein Atmen wurde heftiger, aber er antwortete nicht mehr. Ein Knacken und das Freizeichen sagten den Anwesenden, dass er sprachlos war und aufgelegt hatte. Der Köder war ausgelegt. In den Abendnachrichten wurde dann, wie mit der Kripo vereinbart, der Fund einer jungen Frauenleiche . . . . . und sogar mit ihrem Einverständnis ihr Name genannt.

Die Jagd war eröffnet!

Die Schlinge zog sich immer weiter um seinen Hals. Nachts drohte er zu ersticken, wenn er dem Wind zuhörte, der ihm zuflüsterte.

Äste klopften an sein Fenster und raubten ihm den letzten Nerv.

Die Beamten ließen ihn nicht mehr aus den Augen. In diesem Zustand war es nur eine Frage der Zeit, wann er zusammenbrechen und gestehen würde.

Am Wochenende schien es so weit zu sein, denn es trieb ihn zurück an den Ort, wo er die Leiche vergraben hatte. „Man hatte sie doch da gefunden! Ihr Name war über die Nachrichten verbreitet worden! Wieso rief sie ihn an? Hatte ihn die Polizei angelogen und keine Leiche gefunden? Wirre Gedanken zwangen ihn am Abend zurück in den Wald. An die Stelle, die er als letzte Ruhestätte für seine Frau so überhastet ausgesucht hatte.

Oberkommissar Hellwig hatte darauf gewartet. Er holte Marlene mit dem Dienstwagen aus dem Hotel ab und fuhr mit ihr zusammen an den Fundort, den die Beamten schon vor einigen Tagen wieder freigegeben hatten.

Der Anruf des diensthabenden Assistenten, dass sich der Verdächtige hierher begeben würde, bestätigte sich, da der Mann mit hoher Geschwindigkeit auf direktem Weg in das abgelegene Waldstück war.

Hellwig hatte den Wagen etwas entfernt auf einem Parkplatz abgestellt und war mit der verängstigten Ehefrau schon vor Ort, als sie das Motorgeräusch des Geländewagens hörten. Unverständliche Ohne Scheinwerfer holperte Ronald Berg über den schmalen Waldweg, hielt an und machte den Motor aus. Der Strahl einer Taschenlampe zuckte durch die Bäume, als er auf die Stelle zukam. Der Beamte hatte mit Marlene hinter einem Strauch gewartet und forderte die verängstigte Frau auf, ihn zu rufen, ohne ihre Deckung zu verlassen.

„Ronny . . . . was willst du denn noch?" krächzte sie mit zitternder Stimme und die Wirkung war fürchterlich. Der Mann schrie und leuchtete in ihre Richtung. Seine Augen waren blutunterlaufen, Speichel floss unkontrolliert aus seinem Mund: „Du bist nicht aus Fleisch und Blut!" schrie er. „Du kannst mir keine Angst mehr machen!" Er schlug mit einem mitgebrachten Spaten wild um sich und fing plötzlich grell an zu lachen. Er schien den Verstand verloren zu haben.

Hellwig wollte zum Schutz der Frau kein weiteres Wagnis eingehen, denn in dem Zustand, in dem er sich jetzt befand, würde er schon nach kurzer Zeit ein volles Geständnis ablegen. Das sagte ihm seine langjährige Erfahrung. Er zog seine Dienstwaffe, um für alle Fälle gerüstet zu sein, als er das blitzende Blaulicht vom verfolgten Dienstwagen des Kollegen sah, das durch die Bäume zuckte.

„Es ist vorbei, Berg! Gegen Sie auf! Legen Sie den Spaten beiseite und kommen Sie ganz langsam . . . . . " Ein grässlicher Schrei war die Antwort. Wie ein gehetztes Tier warf er den Kopf hin und her. Mal schaute er in die Richtung des Kripobeamten, dann wieder zu dem aufblitzenden Blaulicht hinter dem Wäldchen. „Ah, nein!" Er hob den Spaten und schleuderte ihn unkontrolliert von sich, dann fasste er sich an die Brust, röchelte und taumelte stolpernd zurück auf den Weg. Er kam nicht weit, denn seine Beine versagten und er knickte ein. Kniend hockte er auf dem Boden, als die beiden Beamten ihn erreichten. „Heben Sie die Hände über den Kopf, Berg!" Er reagierte nicht und die Beamten hörten nur ein Geräusch, als würde jemand mit einem Strohhalm den letzten Rest einer Flüssigkeit aus einem Glas saugen . . . . ein letzter Atemzug und Ronny Berg fiel, ohne seine Hände abstützend nach vorne zu nehmen, mit dem Gesicht hart auf den Boden. Franco Jäger, der Assistent war schneller bei ihm. Er hielt die Pistole zur eigenen Sicherheit im Anschlag und legte den Handrücken der anderen Hand auf den Hals des Liegenden. Dann steckte seine Dienstwaffe zurück ins Futteral und rief seinem Chef zu: „Wir können nichts mehr für ihn tun, er ist tot!"

Hellwig legte schützend seinen Arm um Marlene und ging im weiten Bogen mit ihr zurück zum Auto. „Rufen Sie die Kollegen!" sagte er im Vorbeigehen zu Jäger. Als er Marlene die Tür des Dienstwagens geöffnet hatte, stieg sie apathisch ein und nahm auf dem Beifahrersitz Platz. Der Leiter der Mordkommission sah sich nach dem nächtlichen Einsatz verpflichtet, die arme Frau in ärztlicher Obhut zu wissen und kam noch einmal zurück. Er wartete, bis der Assistent sein Telefonat mit der Einsatzzentrale beendet hatte. „Bleiben Sie hier, Jäger. Ich muss sie ins Krankenhaus bringen, Sie verstehen?"

Marlene wartete im Auto und starrte ins Leere. Sie hatte noch nicht verstanden, dass jetzt alles vorbei war. Das ihr Leiden ein Ende hatte.

Das eigene Gewissen war Ronny Berg zum Verhängnis geworden. Die panische Angst und die Aufregungen der letzten Wochen forderten ihren Tribut und hatten sein Herz zum Stillstand gebracht.

Es ist eben doch nicht so einfach, einen Menschen zu töten.

Die Rache des Aras

Es war ein wunderschöner Urlaubstag am Strand gewesen, den er mit seiner Frau und der kleinen Tochter genossen hatte. Jetzt waren sie zurück in der spanischen Ferienwohnung und die Kleine war vor Erschöpfung schon in ihrem Bettchen eingeschlafen, das hinter einem Vorhang abgetrennt, in einer Nische der Wohnstube stand.

Soviel „Spanisch" konnten sie beide nicht verstehen, um dem Film in der Flimmerkiste folgen zu können. Er trank sein Glas leer und schaltete den Fernseher aus.

Nachdem seine Frau aus dem Bad kam und unter die Decke schlüpfte, ging er duschen. Nachdem er sich die Zähne geputzt hatte, löschte er das Licht und tapste sich vorsichtig zu seinem Einzelbett, das zwei Meter von seiner Frau entfernt an der gegenüberliegenden Wand stand: „Gute Nacht," flüsterte er, „schlaf gut!" Es kam schon keine Antwort mehr. Nur das gleichmäßige Atmen seiner Frau war zu hören, als er nochmal aufstand und ihren Vorhang bis auf einen kleinen Spalt breit zuzog. Dann streckte er sich auf der bequemen Matratze aus, deckte sich mit dem dünnen Bezug zu und war kurz darauf im Traumland.

Ein ungewohntes Geräusch hatte ihn geweckt. Die Leuchtziffern seiner Uhr zeigten ihm, dass er gerade einmal eine Stunde geschlafen hatte. War das ein Traum? Er richtete sich im Bett auf und lugte durch den, gut zehn Zentimeter breiten Spalt ins Wohnzimmer, denn er wollte sich vergewissern, dass seine Tochter nicht in der fremden Wohnung herumgeisterte. Die Kleine schien fest zu schlafen, denn sie murrte träumend aus ihrer Ecke, während sein Blick auf die breite Couch wanderte.

Da sah er sie und erstarrte!

Eine Gestalt saß mit gekrümmtem Rücken tiefgebeugt und regungslos am Tisch. Blitzartig war er wach. Gleichzeitig schossen ihm mehrere Fragen durch sein Hirn! Er schaute genauer hin und es schien ihm, als säße da eine Frau an dem Tisch. Wo kommt die her? Wie ist die hier hereingekommen? Was will die hier? Er musste seine Familie schützen! Vorsichtig, die Frau nicht aus den Augen lassend, schlich er zum Bett seiner Frau und legte die linke Hand auf ihr Gesicht: „Pst! Da ist eine Frau bei uns im Zimmer! Erschreck dich nicht!" Verschlafen richtete sie sich auf, elektrisiert von der unglaublichen Nachricht, die ihr Mann da gerade behauptet hatte, war sie mit einem Schlag wach. „Da, sieh!" flüsterte er, öffnete vorsichtig den Vorhang und zeigte in die Richtung der Alten, die immer noch unbeweglich dort verharrte. Seine Partnerin rieb sich irritiert die Augen: „Wo? Ich sehe nichts! Welche Frau?" Verzweifelt zeigte er auf die Alte, die jetzt ihren Kopf hob und ihn anschaute. Er ging einen Schritt nach vorne und riss mit schneller Handbewegung die beiden Vorhänge auseinander. „Da!" sagte er und lief entschlossen auf sie zu. Gerade als er etwas zu ihr sagen wollte, zerfiel das deutliche Bild und die Gestalt löste sich komplett auf. Hilflos starrte der Mann auf die leere Couch, auf das leere Zimmer, das vom Fenster aus zwar spärlich, aber dennoch hell genug erleuchtet war.

Als seine Frau ihm eine Hand auf die Schulter legte, zuckte er erschrocken zusammen.

„Liebling! Du hast geträumt!" Dennoch kroch ihm ein kalter Schauer über den Rücken. Er war bei klarem Verstand, hatte keinen Alkohol getrunken und trotzdem musste er sich eingestehen, dass seine Frau Recht gehabt hatte. Verwirrt und ohne ein Wort ging er zurück zum Bett. „Du machst mir Angst!" sagte sie und schaute ihn in dem halbdunklen Zimmer an. „Weiß nicht;" sagte er „es sah so echt aus! Ich bin doch nicht am Spinnen!" Sie beruhigte ihn und forderte ihn auf, weiter zu schlafen. Er nickte und legte sich zurück in die

Kissen. Während er das ruhige Atmen seiner Frau hörte, die sofort wieder eingeschlafen war, lag er mit offenen Augen da und starrte an die Decke. Immer wieder schaute er durch den, nun ganz geöffneten Vorhang ins Wohnzimmer, aber die Frau war verschwunden. Jetzt zweifelte er auch daran, dass er sie wirklich gesehen hatte und als er endlich eingeschlafen war, verflogen auch die erschreckenden Erinnerungen an das Erlebte. Am nächsten Tag verloren sie beide kein einziges Wort mehr an das seltsame Erlebnis dieser Nacht. Nur das Datum und die Uhrzeit dieses Ereignisses schrieb er sich auf und steckte den Zettel in sein Portemonnaie.

Die weiteren Urlaubstage verliefen ohne Aufregung und bald hatte er diesen Traum in sein Unterbewusstsein verdrängt.

Bald kam der Tag der Abreise und die Maschine brachte die kleine Familie wieder zurück nach München. Am nächsten Tag fuhren sie zu den Eltern des Mannes, die etwas außerhalb von München eine kleine Schankwirtschaft hatten. Die Freude war groß und man übergab die mitgebrachten Souvenirs. Nach dem Kaffeetrinken wurde der Vater des Mannes ernster und wartete, bis seine Frau mit dem kleinen Enkelkind ins andere Zimmer gegangen war. Es schien wichtig zu sein, denn der Opa atmete tief durch, bevor er mit seiner neusten Nachricht aufwartete.

Er zeigte mit dem Daumen zum benachbarten Hof: „Kathy ist tot! Sie hat sich das Leben genommen, vor gut einer Woche!" Er schaute seinen Sohn an, denn er wusste, dass die nette Nachbarin ihn und seine junge Frau sehr gemocht hatte. „Katharina Mayerhofer!" sagte er und erinnerte sich an den Zettel, den er bei sich trug. Zitternd faltete er ihn auseinander, während er seinem Vater die Frage stellte: „Wann genau, sagtest du, ist sie gestorben?" Als er die Antwort hörte, zeigte er den Zettel seinem Vater. Er war kreidebleich und seine Frau antwortete sofort: „Glaubst du, dass sie es war, von der du in dieser Nacht geträumt hast?" Er nickte, ohne ein Wort. Sein Hals war trocken und er nahm einen Schluck Wasser.

Als sie später wieder zurück in ihrer Wohnung in München waren, die Kleine schlief in ihrem Zimmer, kam seine Frau auf das Thema zurück: „Wie kann das sein? Was denkst du?" Gerd erwiderte: „Ich bin fest überzeugt, dass sie es war und auch, dass sie mir etwas Wichtiges sagen wollte, aber was?" Er überlegte nicht lange und schaute seine Frau an: „Wenn sie es geschafft hat, mit mir Kontakt aufzunehmen, so muss es doch auch anders herum möglich sein! Ich meine, dann

habe ich Gewissheit, dass sie es wirklich war und dann kann sie mir ja sagen, was ...... "
Seine Frau unterbrach ihn: „Bist du jetzt völlig übergeschnappt? Mit Toten reden? Wo bin ich hier gelandet? Das ist jetzt nicht dein Ernst?"
Er hatte eine solche Reaktion erwartet, glaubte er doch selber nicht daran. Sie redeten die halbe Nacht und diskutierten erfolglos über diese unglaublichen Dinge, bis sein Entschluss feststand. „Was kann denn schon passieren?"
Er zog den Sessel in die Mitte des Zimmers und setzte sich entspannt hinein. „Sag nichts, es ist einfach nur ein Versuch, O.K?" Seine Frau nickte und konnte sich ein bemitleidendes Lächeln nicht verkneifen.
Er schloss die Augen und entspannte sich . . . dann ging er in Gedanken zurück und konzentrierte sich stark auf die befreundete Frau, die mit ihrem Mann zusammen so oft früher auf ihn aufgepasst hatte, als er noch zuhause gewohnt hatte.
Da, plötzlich durchströmte den Träumenden ein Gefühl, als ständen seine Füße in warmem Wasser. Die Hitze kroch wellenartig über die Beine in seinen Körper, erfasste die Arme und seine Frau sah mit Entsetzen, dass sich die Härchen seiner Unterarme aufstellten. Ein Kribbeln erfasste seinen ganzen Körper und dann ebbte alles wieder ab, denn seine Frau

hatte ihn geschüttelt und angstvoll aus seinem Dämmerzustand zurückgeholt. „Hör auf, damit! Hör sofort auf! Du müssest mal dein Gesicht sehen, ich kenn dich gar nicht wieder!" Enttäuscht schaute er sie an: „Sie war da, glaub mir! Ich habe sie gespürt!"

Seine Frau blickte ihm ins Gesicht: „Es ist unglaublich, aber da war wirklich was . . . . etwas Erschreckendes! Ich habe Angst!"

Er war so weit gekommen und hätte niemals gedacht, dass so etwas möglich wäre. „Noch einmal! Bitte! Wenn es gefährlich wird, höre ich sofort auf! Ich verspreche es!" Seine Frau ging zum Sofa, nahm die Decke und zog sie bis an ihr Gesicht hoch, so, wie sie es auch tat, wenn sie gemeinsam einen gruseligen Film sahen. Er nickte ihr zu und begann noch einmal, sich zu konzentrieren. Jetzt kam das Gefühl tatsächlich wieder, erfüllte ihn mit einer wohltuenden Wärme und ohne ein einziges Wort schien er sich gedanklich unterhalten zu können. Zuerst wurden ihm alle Ängste genommen, indem ihm suggeriert wurde, dass nichts Schlimmes mit ihm passieren würde. Dann kam schon die positive Antwort auf seine Frage, die er gerade stellen wollte. Ja, sie war es wirklich, sie wollte sich erklären, da sie nicht, wie nun alle glaubten, Selbstmord gemacht hatte. Sie hatte sich an diesem Tag wieder einmal mit ihrem Mann gestritten. Das ging so weit, dass er damit drohte, sie zu verlassen. Sie flehte, bettelte, aber er blieb siegessicher hart. Da sah sie keinen anderen Ausweg mehr und ging mit einer Wäscheleine apathisch und mit starrem Blick in die angrenzende Scheune.

Er sah im Traum die Kühe in den Gattern vor sich, die Wendeltreppe, die in die obere Tenne führte und die Voliere mit dem Papagei. Die verzweifelte Frau kam herein, legte eine Schlinge der Leine um ihren Hals und warf das andere Ende über das Geländer der Treppe nach oben. „Dann kann ich mich ja gleich aufhängen, drohte sie und wartete verzweifelt darauf, dass er nachkommen und sich entschuldigen würde, aber es geschah etwas anderes. Ihr verzweifelter Versuch, ihn wieder für sich zu gewinnen, ihm ihre aufopfernde Liebe zu zeigen, all das wurde schamlos von dem Mann ganz anders ausgenutzt, als sie es sich gedacht hatte. Aus dem unverfänglichen „Spiel" wurde für sie eine lebensbedrohliche Situation. Er hastete die grob bearbeitete Treppe herauf, griff nach dem Ende des Seils und zog es stramm. Die arme Frau hatte nicht damit gerechnet und taumelte zurück, bis sie unmittelbar unter der Treppe stand. Er verknotete das Ende am Geländer und sprang zu ihr herab, nahm ihre Arme, bog sie auf ihren Rücken und ließ sich mit ihr zusammen auf den Boden fallen. Sie konnte das Gleichgewicht nicht mehr halten und die Schlinge zog ihren Hals fest zu. Ein grässliches Röcheln entfuhr ihr, ein erstickter Schrei und die Zunge quoll aus ihrem Mund. Die Augäpfel traten aus den Höhlen, sie hauchte ihr Leben aus. All das erfuhr Gerd träumerisch von der verzweifelten Stimme, die auf seine Fragen antwortete, bevor er sie zu Ende gedacht hatte. Wie ging es weiter? Wollte der Mann nun wissen und die Antwort kam prompt.

Seiner entsetzlichen Tat bewusst, rannte der Mann zurück ins Haus, holte den Autoschlüssel und fuhr weg. Sie sollte alleine auf dem Hof gewesen sein, als es passiert war und dazu brauchte er ein einwandfreies Alibi. Nach einer halben Stunde kam er zurück, fuhr laut hupend auf den Hof, stieg aus und ging ins Haus. Er ließ absichtlich die Tür offen und ging über die Straße zu den Nachbarn, wo er Sturm klingelte. „Ist sie bei dir? Sie ist nicht zuhause, aber ihre Sachen sind alle noch da! Sogar ihr Mantel und die Handtasche!" Die Nachbarin war sprachlos: „Ich hab sie den ganzen Tag noch nicht gesehen, vielleicht ist sie in der Scheune, die Tiere füttern?" Er hob die Schultern: „Vielleicht, kommst du mit und hilfst mir suchen?" Erleichtert merkte er, dass sein Plan von einem Alibi zu funktionieren schien, denn sie schoss ihre Tür ab, fuhr sich mit einer Hand durch die Haare und folgte dem netten Nachbarn. Als er die hohe Schiebetür zur Seite schob, rief er laut: „Liebling! Ich bin es, ich hab die Hannelore mitgebracht!" Die Nachbarin sah sofort die leblose Frau, die an dem Geländer baumelte und hielt sich den Mund zu, um nicht zu schreien. Da hörten beide den Todesschrei der Ermordeten noch einmal, grell, laut und durchdringend. Anstatt zu ihr zu gehen, rannte er zurück, von Panik getrieben und wurde von den anderen Nachbarn festgehalten, die durch den lauten Schrei auf dem Hof kamen.

Es dauerte nicht lange und die Polizei war da. Die ersten Untersuchungen ergaben, dass die Frau offensichtlich Selbstmord verübt hatte.

Das war der Grund, den sie nicht auf sich sitzen lassen wollte. „Deshalb," so wurde dem Träumenden im Sessel mitgeteilt, „habe ich mich an dich gewandt. Selbst wenn er nicht überführt wird, so weiß doch einer, dass es nicht so war, wie es dargestellt wurde. Jetzt ist alles gut und ich bin zufrieden," teilte sie ihm noch mit, bevor er wachwurde und die Eindrücke für sich verarbeiten musste.

Mit diesem Traumerlebnis musste er dringend noch einmal zu seinem Vater gehen und sich ihm anvertrauen. Vielleicht wusste der, ob es in der letzten Zeit Streitigkeiten zwischen den Eheleuten gegeben hatte. Gerd war früher oft in der Scheune gewesen, von dem Papagei, der den entsetzlichen Todesschrei nachgeahmt hatte, konnte er allerdings nichts wissen. Sein Vater hörte sich diese ungeheuerliche Geschichte, die sein Sohn da erzählt hatte, ruhig und besonnen an. Dann wurde er sehr nachdenklich. „Behalt bloß deine Erkenntnisse für dich!" riet er seinem Sohn. „Dir wird niemand Glauben, denn du machst dich mit den vielen Einzelheiten nur verdächtig."

Der Sohn sah das ein, denn die gemeinsame Bekannte schien ihren Frieden gemacht zu haben, indem sie das wirkliche Geschehen und den wahren Ablauf weitergegeben hatte.

Kurz bevor das Testament eröffnet wurde, nahm der Mann einen Vogelkäfig, steckte den verhassten Papagei hinein und ging zum Auto, um das Tier in eine Tierhandlung zu bringen. Er konnte den einprogrammierten Schrei des Vogels nicht mehr ertragen. Immer wenn er die Scheune betrat, um seine Tiere zu füttern, kreischte das Federvieh los und erinnerte ihn wieder an seine schreckliche Tat.

Der Käfig stand angeschnallt auf dem Rücksitz des geschlossenen Cabrios, als das Tier in einer scharfen Kurve wieder einmal diesen irritierenden Schrei von sich gab. Der Fahrer bekam Panik, riss das Lenkrad herum und flog dadurch aus der Kurve. Der Wagen überschlug sich mehrfach auf dem Feld, wobei die beiden aufgesprungenen Türen große Furchen in den Acker schlugen. Dann endlich blieb der Wagen auf dem zerbeulten Dach qualmend liegen. Der Fahrer wurde nur noch von den Sicherheitsgurten gehalten. Der hellgraue, ausgelöste Airbag hing schlaff vor der völlig zersplitterten Frontscheibe. Der linke Arm des Mannes war abgerissen und wurde nur noch von der Lederjacke an seinem ungefähren Platz gehalten. Die Schädeldecke hatte quer über der Stirn einen feinen Riss. Aus seinen Ohren, den weit aufgerissenen Augen und dem tiefen Schnitt in seinem Hals quoll dickflüssiges, fast schwarzes Blut. Er muss sofort tot gewesen sein und konnte Erbe seiner Frau nicht mehr antreten. Der Papagei war aus dem zerbeulten Käfig geklettert, saß auf der Stoßstange, die sich flehend in den Himmel reckte und wartete auf Rettung, während er ab und zu seinen grässlichen Schrei ausstieß.

Stimmen aus dem Jenseits

Zuerst hatte er sich nichts dabei gedacht, als er in seinem Bett wach wurde und das leise Wimmern hörte. „Der blöde Köter von nebenan gehört eingesperrt!" murmelte er im Halbschlaf. Als es wieder ruhig geworden war, döste er ein, hatte aber einen schlechten, durchweg verwirrenden Traum.

Was er in dieser Nacht träumerisch durchlebt hatte, wusste er am nächsten Morgen zwar nicht mehr, aber drückende Kopfschmerzen und schemenhafte Erinnerungen an den nachbarlichen Vierbeiner waren haften geblieben. Er schielte auf den Wecker, der neben dem Bett leise vor sich hin tickte und wartete auf das surrende Geräusch, denn in wenigen Sekunden war es 6.ooh und somit Zeit, unter die Dusche zu springen. Er war auf seiner neuen Arbeitsstelle noch in der Probezeit und konnte sich keine Fehler leisten, schon gar nicht ein zu spätes Eintreffen im Amt, denn der Leiter stand jeden Morgen mit angewinkelten Armen in die Hüfte gestemmt, demonstrativ neben der Stechuhr, um denen ein schlechtes Gewissen zu machen, die nach dem „Gong" ihre Karte abstempeln wollten.

Das heiße Wasser rieselte über seinen Kopf, als er in der Dusche stand. Das Geräusch der vergangenen Nacht hatte er schon lange vergessen. Erst als er nach getaner Arbeit wieder das Schlafzimmer betrat, dachte er seltsamerweise wieder daran, denn er fühlte sich plötzlich beobachtet.

Er versuchte, sich zu entspannen und schob es auf den anstrengenden Tag, als er wieder das gleiche Wimmern hörte, das ihn in der letzten Nacht auch gestört hatte. Jetzt saß er aufrecht, denn am Morgen hatte er den Nachbarn, samt Familie und Hund in den Urlaub fahren gesehen. „Hallo . . .?" flüsterte er leise, denn er wusste doch genau, dass er ganz alleine in dem großen Haus war. Trotzdem schien das eben ein Stöhnen, ein lautes Schluchzen gewesen zu sein, dass er deutlich aus dem Nebenzimmer vernommen hatte. Er schwang seine Beine aus dem Bett, tastete nach seinen Hausschuhen und ging zur Tür, ohne Licht zu machen. Es war völlig ruhig im Flur und doch spürte er eine innere Erregung, die seine Unterarmhaare aufstellten. Seine Haut sah jetzt so großporig aus, wie die einer Gans, die man gerupft hatte. Knarrend öffnete er die Tür zu dem Zimmer, aus dem er die Geräusche vermutet hatte. Seit dem ungeklärten Unfalltod seiner geliebten Frau hatte er diesen Raum, der ihr persönliches

Ankleidezimmer war, nicht mehr betreten können. Er griff zum Lichtschalter und als sich die Helligkeit der Neonlampe flackernd aufbaute, glaubte er in dem hinteren Sessel eine Gestalt gesehen zu haben. Als der Raum jedoch hell durchflutet war, erwies sich seine anfängliche Beobachtung als Trugschluss.

Er wollte gerade wieder zurück ins Bett gehen, als ihm der Stickrahmen auffiel, an dem seine Frau zuletzt gearbeitet hatte. Er lag seit ihrem schrecklichen Unfalltod vor vier Jahren immer noch unberührt auf dem Tisch und die bunten Fäden, an deren Enden die dicken Nadeln hingen, baumelten, obwohl kein Windzug diese Wirkung erzielt haben konnte. Vorsichtig ging er zurück und starrte auf das Bild. Das anfängliche Muster war unterbrochen und deutlich konnte er die eingestickten Worte lesen: „Befrei meine Seele, befrei mich . . . denn es galt dir!"

Johan Steffen rieb seine Augen und schaute erneut auf den Stickrahmen, aber es gab keinen Zweifel, die Botschaft war mit dicken, blauen und roten Fäden über das fast fertige Bild eingestochen und fest verknotet.

An Schlaf war nicht mehr zu denken.

„Wer erlaubt sich einen so makabren Scherz und vor allen Dingen, wer hatte überhaupt Zutritt zu diesem abgeschlossenen Zimmer?"

Er ertappte sich dabei, dass er während der Fahrt zur Arbeit auf dem Amt immer wieder die gleichen Worte vor sich sah: „Befreie mich!" Wovon sollte er jemanden befreien und vor allen Dingen, wen überhaupt? Etwa seine verunglückte Frau? Was galt ihm?

Am nächsten Tag stand er früher auf, als gewohnt und war eine halbe Stunde vor seinen Kollegen im Büro. Als die anderen nach und nach eintrafen, war er schon mit seinem Posteingang durch. Die Kirchenuhr schlug acht Mal, als er sein Butterbrot aus der Schachtel nahm und sich eine Pause gönnte.

Er stand auf, holte sich am Kaffeeautomaten eine Tasse des heißen Getränks und setzte sich zurück an seinen Schreibtisch. Hier, im Tiefbauamt hatte er vornämlich die Anträge zu prüfen, die von Sachbearbeitern angefertigt worden waren. Als ausgelernter Statiker hätte er in der freien Berufswelt besser verdienen können, doch der Tod seiner Frau hatte ihn ein wenig aus der Bahn geworfen. „Such dir eine krisensichere Stelle, mein Junge!" Das waren die Worte seines Vaters gewesen, der jahrelang arbeitslos gewesen war und daher wusste, wovon er sprach.

Der schrille Klingelton seines Telefons brachte ihn in die Wirklichkeit zurück: „Steffen, zum Chef!" war die knappe Anweisung, die von der schrullig wirkenden, alten Schreibkraft seines Vorgesetzten an ihn weitergeleitet wurde.

Er stand auf, rückte seine Krawatte zurecht und machte sich auf den Weg. Hatte er Fehler gemacht und wurde nun dafür gerügt? Womöglich wäre auch seine Probezeit dahin? Gedankenversunken stand er eine Weile vor der Tür des Büros, bevor er tief durchatmete und klopfte: „Ja? Bitte?" Er trat ein, die alte Sekretärin mit der Hornbrille hatte ihn wohl erwartet, denn sie schaute nur kurz von ihrer Arbeit auf und zeigte mit dem linken Daumen zu der angelehnten Eichentür, die zum Allerheiligsten führte. Sie sprach dabei kein einziges Wort und nahm sofort wieder ihre Tätigkeit auf, als wäre er überhaupt nicht im Raum. Zögernd ging er auf die Tür zu.

„Steffen? Sind Sie das? Kommen Sie doch bitte zu mir herein!" Dr. Brenner stand von seinem Schreibtisch auf und kam auf ihn zu: „Setzen Sie sich!" Er deutete auf die Sessel, am Fenster und wartete geduldig, bis Steffen Platz genommen hatte. „Ein Käffchen?" Er war ungewohnt freundlich und es schien selbstverständlich, dass er bejahte, denn er drückte eine Taste des flachen Apparates mit Lautsprecher, der neben dem Telefon stand: „Frau Krählen, zwei Kaffee bitte! Ach ... und legen Sie Gebäck dazu, Sie wissen schon!"

Dann schaute er Steffen ruhig und freundlich direkt in die Augen.

„Nun sagen Sie mal ehrlich, wie gefällt Ihnen die Arbeit? Zufrieden? Naja, wenn Sie erst einmal fest angestellt sind, so wird Ihre Verantwortung natürlich noch steigen . . . . und damit auch Ihr Gehalt, versteht sich . . . . !" Die Sekretärin klopfe an und brachte umständlich ein Tablett an den Besuchertisch, man konnte ihr ansehen, dass ihr das nicht leicht fiel. Oft schien sie das nicht zu machen, doch das störte den Amtsleiter nicht. Steffen war froh, dass sie gestört hatte, denn sein Chef stellte viele Fragen, ließ aber keine Zeit zu, um jeweils darauf zu antworten. Als die Tassen gefüllt vor ihnen standen, streckte Johan seine Hand nach dem Milchkännchen aus: „Ich darf doch?" Mit einer galanten Handbewegung bestätigte sein Gegenüber, nickte ihm zu und rührte dann in seinem eigenen Getränk, wohl gedanklich etwas abwesend, denn Steffen hatte nicht gesehen, dass er Zucker oder Milch hineingeschüttet hätte. Wollte er ihn testen? Nachdem Johan zwei Stückchen Zucker in sein Getränk geworfen hatte, rührte er nun ebenfalls die dunkle, angenehm duftende Flüssigkeit um. „Worum geht's, Herr Dr.?" Er mochte es nicht, wenn man um den heißen Brei herum redete und nicht sofort auf den

Punkt kam. „Ja, genau so wurden Sie mir geschildert! Immer forsch voran. Nun gut. Der Stadtdirektor braucht Ihren Rat. Wie Sie vielleicht wissen, baut er sich gerade am Stadtrand einen Bungalow . . . . ach so, ich vergaß, dass Sie das gar nicht wissen können! Nun gut, also er möchte, dass Sie sich die Pläne einmal anschauen, rein privat natürlich! Wäre das möglich?" Wieder wartete er seine Antwort nicht ab und sprach einfach weiter, denn sein Einverständnis wurde vorausgesetzt. „Heute Abend würde es passen! Sie haben doch noch nichts vor? Gut. Ich werde auch anwesend sein, er ist mein Schwager. Das wird sich bald auch zu Ihnen herum gesprochen haben, oder wissen Sie das schon? Na, egal, sagen wir um 20.ooh in seinem Haus? Moment, ich schreib Ihnen die Adresse auf!" Als er mit dem Stift einen Zettel attackierte, holte Steffen tief Luft. Er war es nicht gewohnt, so demonstrativ übergangen zu werden, Chef hin, Chef her! So fragte er spontan: „Sagen Sie, Herr Doktor, führen Sie immer einen Monolog, wenn Sie zu einer Unterredung bitten?"

Das hatte gesessen! Brenner ließ seinen Stift fallen, nahm seine Brille von der Nase und lehnte sich zurück in den Sessel: „Wie war das gerade? Hab ich das richtig verstanden?"

Steffen hatte nichts mehr zu verlieren, seitdem ihm das Liebste genommen worden war. Er wollte sich nicht mehr verbiegen lassen: „Ja, das ist eine berechtigte Frage! Sie haben die ganze Zeit wie ein Wasserfall auf mich eingeredet. Interessiert Sie meine Meinung überhaupt?" Jetzt nahm Steffen die Tasse und schlürfte genüsslich, während er den Chef ausführlich studierte. Dr. Brenner war es gewohnt, Anweisungen zu erteilen . . . . Punkt! Steffen war seit Jahren der erste gewesen, der ihn darauf angesprochen hatte.

Seine Sekretärin schien gelauscht zu haben, an der Tür oder durch die Gegensprechanlage, jedenfalls kam sie, ohne zu klopfen in das Büro, nahm ihre Brille ab und schaute Johan an, als wäre er von einem anderen Stern. „Was ist, Krählen? Hab ich Sie gerufen? Na also!" Er machte eine wischende Handbewegung in ihre Richtung und wartete, bis die Tür wieder hinter ihr ins Schloss gefallen war. Jetzt drehte sich Brenner wieder zu ihm: „Sie sind noch in der Probezeit, richtig?" „Richtig!" bestätigte Steffen knapp, ergänzte aber sofort: „Deshalb ja, Chef! Sie können mit Ihren Mitarbeitern natürlich verfahren, wie es Ihnen beliebt, aber ich muss Ihnen auch sagen, dass ich einen solchen Umgangston nicht gewohnt bin! Von einem studierten Mann, wie Ihnen und dann noch in einer solchen Position hätte ich ein derartiges Verhalten nie erwartet."

Er stellte die geleerte Tasse zurück auf den Tisch und stand auf. „Ich werde Ihnen eine Mail zukommen lassen, sollte ich heute Abend so kurzfristig für den Stadtdirektor Zeit haben und übrigens . . . " er nahm den Zettel vom Tisch und legte ihn zerdrückt und ungelesen in den Aschenbecher. „Natürlich weiß ich, wo unser beider Vorgesetzter wohnt!" Er ging zur Tür und öffnete sie vorsichtig, denn er wollte Adele, die vor dem Schlüsselloch kniete, nicht gegen den Kopf stoßen. Sie konnte gerade noch rechtzeitig aufstehen, vergaß aber nicht, ihm den erhobenen Daumen zu zeigen: „Toll haben Sie das gemacht! Das wollte ich schon seit Jahrzehnten machen, hatte aber nicht die Traute dafür! Toll, einfach toll!"

Dr. Brenner saß derweil immer noch mit offenem Mund in seinem Sessel. Er hatte soeben den Schock seines Berufslebens gehabt.

Steffen saß schon wieder an seinem Schreibtisch und blätterte im Termin-Kalender. Was wollte sein höchster Chef von ihm?

In der Nacht träumte er das erste Mal seit langem wieder von seiner Frau. Mit dem hübschen Kleid, das er so gerne an ihr gesehen hatte, kam sie lächelnd auf ihn zu, küsste zärtlich seine Wange und schmiegte sich an ihn. „Nimm dich vor deinen Chefs in acht!" hauchte sie ihm ins Ohr. „Sie machen krumme Geschäfte und diesmal wollen dich sogar mit da hinein ziehen!" Seine Frau hatte lange Zeit auf dem Amt gearbeitet und kannte die Beamten. Steffen hatte sogar damals vermutet, dass der Amtsleiter mehrfach versucht hatte, sich an seine Frau ranzumachen. Warum sonst hatte sie ihm Immer wieder abgesagt, ihn an Wochenenden zu einem Kongress oder irgendwelchen Veranstaltungen zu begleiten. Angeblich als seine Sekretärin. Steffen hatte seine Bedenken geäußert, doch sie wiegelte damals ab. „Lass mal, ich kann mich schon alleine wehren!" Dann war dieser letzte Anruf seiner Frau von der Arbeitsstelle gekommen, als sie ihm mitteilte, dass etwas Wichtiges vorgefallen war, es schien so wichtig gewesen zu sein, dass sie noch nicht einmal eine Andeutung am Telefon machen wollte.

Und stattdessen waren die Polizeibeamten bei ihm aufgetaucht und hatten ihm die traurige Nachricht von ihrem Unfalltod mitgeteilt.

Er hatte nie erfahren, was ihm seine Frau so Wichtiges hatte sagen wollen. Die wahre Unfallursache wurde nie geklärt und die Untersuchungen eingestellt. Man hatte sehr schnell Zeugen gefunden, die bestätigten, dass Lori, wie er seine Ehefrau Eleonore nannte, aus ungeklärten Gründen auf der Autobahn ohne jegliche Fremdbeteiligung das Lenkrad in voller Fahrt und wohl mit Absicht herumgerissen hatte. Der Wagen sah danach so aus, als wäre eine Dampfwalze darüber gefahren. Nach ihrem Tod war Dr. Brenner auf ihn zugekommen und hatte ihm ein gutes Angebot gemacht.

Er war in dem Augenblick nicht im Stande, seine Selbstständigkeit weiter auszuüben und von irgendeiner Tätigkeit musste er schließlich leben. Die Raten seines großen Hauses, das Auto, Steuern, Versicherungen und Telefon, all das musste schließlich bezahlt werden.

Die Lebensversicherung seiner Frau hatte die Zahlung aus nichtigen Gründen verweigert, weil der Unfallhergang so ausgelegt worden war, als hätte sie Selbstmord verübt. Das hatte ihm für Jahre den Boden unter den Füßen weggerissen. Seine Ersparnisse waren jetzt verbraucht und seine Fähigkeiten schienen bei der städtischen Behörde gefragt zu sein.

Aber nicht zu jedem Preis! Er nahm deshalb die Worte seiner verstorbenen Frau sehr ernst und er konnte nicht verleugnen, dass ihm ein paar rote Lampen im Kopf angingen, als der Privatwagen seines Amtsleiters vorfuhr und er von einem Chauffeur die hintere Tür geöffnet bekam. „Alles in Ordnung?" sein Chef lächelte ihn an und öffnete eine Klappe an der Rückenlehne der Vordersitze. Ein kleiner Kühlschrank mit kleinen Fläschchen Sekt und Bier, von innen beleuchtet, wurde ihm freundlich zur Selbstbedienung angeboten.

Er lehnte dankend ab, denn er dachte wieder an die mahnenden Worte seiner verstorbenen Frau. Wenn man schon bei der Anfahrt mit einem Drink gefügig gemacht werden sollte, so schien ihm die Aussage recht zweifelhaft, dass es sich bei dem nächtlichen Besuch um einen „ganz normalen Gefallen" handelte.

Er hatte ein recht mulmiges Gefühl in der Magengegend, denn er wollte sich auf keinen Fall auf unlautere Geschäfte oder eine Klüngelei einlassen. Das monotone, leise Geräusch des Motors vermischte sich mit einem Surren und dann hörte er wieder ihre Stimme: „Man braucht eine Strohpuppe, die man haftbar machen kann, wenn der illegale Deal auffliegen sollte! Ich hab dich gewarnt!" Er hatte die Augen geschlossen. Am liebsten hätte er den Fahrer gebeten, ihn wieder zurück nach Hause zu fahren, aber es war zu spät, denn der Wagen rollte den breiten Kiesweg hoch zu dem Prachtbau des Stadtdirektors.

„Na? Gefällt Ihnen ein solches Anwesen? Das ist alles zu erreichen! Auch und gerade für Sie! Wir haben da so unsere Möglichkeiten, es muss nicht zu Ihrem Schaden sein! Überlegen Sie sich gut, ob Sie uns behilflich sein wollen. Sie kennen doch den Spruch: Eine Hand wäscht die andere . . .“ er lächelte, während die Türen geöffnet wurden und sie von einem Diener mit Getränken an der Haustür erwartet wurden.

Ein Stadtdirektor und ein Amtsleiter? Mit einem so pompösen Lebensstil? Wie geht das zusammen? Wenn man sich den alten Wagen in Erinnerung ruft, mit dem der Chef zum Amt kommt, so merkt man sehr schnell, dass die beiden tatsächlich ein sehr einträgliches, lukratives Doppelleben zu führen scheinen.

Seine Sinne waren zum Reißen angespannt und den Drink, den er an der Tür annahm, schüttete er unberührt im Vorbeigehen in eine große, chinesische Bodenvase.

Keinen Alkohol! Sein Verstand war gefragt.

Die Besprechung fand zunächst in lockerer, angenehmer Atmosphäre statt. Die Frau des Stadtdirektors und die beiden minderjährigen Töchter waren auch anwesend. Nichts deutete darauf hin, dass man dabei war, ihn zu betrügen oder für ein illegales Geschäft zu missbrauchen. Man wollte ihn offensichtlich in Sicherheit wiegen, sich einschmeicheln.

Wäre seine verstorbene Frau im nicht im Traum erschienen, er wäre womöglich auf die unverfänglichen Avancen der beiden Beamten hereingefallen. Abwechselnd ließen sie sich mehr und mehr auf ein harmlos wirkendes Thema ein, bis Direktor Kaltermann sein wahres Gesicht zeigte und offensichtlich nun auf den Punkt kommen wollte. Ein kurzes Kopfnicken zu seiner Frau und mit einem Lächeln verschwand sie mit den Kindern durch die Tür und ging ins Obergeschoss.

Ein Angestellter füllte nach einer knappen Aufforderung des Hausherrn noch einmal die Gläser, bevor auch er sich diskret zurückzog.

„Ich werde Ihnen eines, meiner Grundstücke überschreiben, auf dem sie ein, noch zu planendes Anwesen errichten werden. Der Kaufvertrag wird notariell bestätigt und es wird sich für Sie finanziell auszahlen . . . . mehr brauchen Sie vorläufig noch nicht zu wissen, denn wir wollen sicher sein, dass Sie

mit unserem Vorhaben einverstanden sind!"
Die Wartepause war geschickt gewählt, denn
aus seinen Worten war noch keine Frage
entstanden. Endlich ergriff sein Chef das Wort.
„Fünfzigtausend, steuerfrei und in bar ist für
Sie drin!" Das listige Aufblitzen in seinen
Augen war Steffen nicht entgangen, trotzdem
wollte er mehr von diesem seltsamen Geschäft
wissen. „Aber ich will doch gar nicht bauen!
Und wo soll ich überhaupt das Geld
hernehmen?" Kaltermann schaute ihm direkt
in die Augen: „Bitte, tun Sie mir einen
Gefallen und stellen Sie sich nicht dümmer, als
Sie sind! Es ist mein Grundstück und es bleibt
natürlich mein Eigentum. Das, wie soll ich es
formulieren, das Geschäft ist nur auf dem
Papier." Steffen tat weiter naiv: „Aber warum
dann dieser Aufwand? Ich kann Ihnen doch die
Statik und die Planung auch so ausarbeiten,
dazu braucht es nicht den Umweg über mich!"
Kaltermann schien ungerührt oder er hatte die
Frage erwartet. Lässig nahm er aus einer
kleinen Mahagoni-Kiste eine Zigarre und hielt
sie geöffnet dem Gast hin. „Kubanische
Havanna!" erklärte er dabei, trotzdem lehnte
Steffen dankbar ab. Brenner reckte sich
herüber und nutzte die Gelegenheit, seinem
Schwager die Bude einzuqualmen. Geschickt
klappte der Deckel wieder zu und mit einem

Knipsen flog ein dreieckig ausgestanztes Tabakteil auf den Tisch. Mit einem entzündeten Streichholz wurden die Zigarren zum Glühen gebracht und mit geschlossenen Augen blies Kaltermann den Rauch von sich.

„Herrlicher Geschmack! Sie verpassen was! Wo waren wir stehengeblieben? Ach ja, richtig! Warum ich keinen Bauantrag stelle, meinten Sie. Nun gut, wenn das so einfach wäre, dann hätten wir Sie nicht gebraucht. Die Aufsichtsbehörde ist da etwas kleinlich, das wissen Sie doch auch! Die suchen doch immer etwas, wühlen in der Vergangenheit, gönnen einem den Erfolg nicht. Amtsmissbrauch, geldwerter Vorteil, all solche dummen Sachen, denen ich aus dem Weg gehen will. Das müssen Sie doch verstehen!" Johan verstand! Die warnenden Worte seiner Frau bewahrheiteten sich schon jetzt, ohne dass er auf irgendeinen Vorschlag eingegangen wäre. Er räusperte sich und wagte eine Zwischenbemerkung: „Kann ich mir das noch einmal durch den Kopf gehen lassen?"

Die leise Unterhaltung der beiden hohen Beamten verstummte abrupt. Es schien ihm, als würde der Sekundenzeiger der großen Standuhr nicht mehr wagen, sich weiter zu bewegen. Die banale Frage war eingeschlagen, wie eine Bombe.

Endlich versuchte Dr. Brenner die angespannte Situation zu bereinigen und beschwichtigte seinen Schwager: „Heinrich, keine Angst. Steffen ist zu einem Witz aufgelegt, ist es nicht so?" Wie immer, so ließ er auch diesmal keine Antwort zu: „Er wird sofort an die Arbeit gehen und seine Gesetzbücher wälzen, damit die Sache entsprechend formuliert werden kann! Stimmt doch . . . . ?" Obwohl er so überzeugt geredet hatte, schwang Zweifel in seinen Worten mit. Hatte er den falschen Mann hierher geschleppt? Verstohlen fingerte er sein Taschentuch aus der Hosentasche und tupfte damit die Schweißperlen von der Stirn.

„Falsch! Sie haben eben richtig gehört! Ich werde mir die Angelegenheit durch den Kopf gehen lassen und sie wissen lassen, wie ich dazu stehe! Ich habe schließlich einen Ruf zu verlieren und meine Zulassung als Statiker sowieso!"

Verzweifelt redete der Amtsleiter auf ihn ein, während sich der Stadtdirektor aus dem tiefen Ledersessel wuchtete, seine Zigarre demonstrativ im Aschenbecher ausdrückte und zu einer kleinen Vitrine ging. Er nahm eine Flasche Malt-Whisky und ein Glas, schüttete es halb voll, trank den Inhalt mit einem Schluck und drehte sich wieder um. Er hatte jetzt gefährlich kleine Augenschlitze.

„Es versteht sich von selbst, dass wir nach den Fragen ihrerseits und unserer bereitwilligen Auskunft fest davon ausgehen, dass Sie uns behilflich sein werden. Wir wollen auf keinen Fall irgendwelche Unannehmlichkeiten, von welcher Seite auch immer. Und Sie doch auch nicht, oder? Sie hängen doch an Ihrem Leben? Eins sollten Sie auch noch bedenken: Ihre Schweigepflicht!" Er kam ganz nah, fast schon bedrohlich, auf Steffen zu: „Sie haben das Wochenende genug Zeit, Ihre Darstellung in eine geeignete, juristisch nicht anfechtbare Form zu gießen. Am Montag um 9.ooh ist der Notartermin. Selbstverständlich wird mein Schwager Sie begleiten! Die Besprechung ist beendet!" Er nahm eine kleine Glocke vom Tisch, die Steffen vorher überhaupt nicht bemerkt hatte. Ein helles Klingeln ertönte und der Diener öffnete die beiden Schiebetüren: „Sie wünschen?"

„Rufen Sie unserem Gast ein Taxi! Er möchte gehen!" Ohne ihn weiter zu beachten, legte er seinen Arm auf die Schulter seines Schwagers, dessen Hemd ein verschwitztes Dreieck auf dem Rücken zeigte und drängte ihn zur Tür. „Wenn ich bitten dürfte?" Der Diener hatte wohl seine eindeutige Anweisung, ihn sofort in den Flur zu begleiten. Er befand sich in einer aussichtslosen Lage.

War es Wut, Verzweiflung oder einfach nur Dummheit von Steffen, dass er sich zur Polizei fahren ließ? Die Beamten fanden sich nach längerem Gespräch dazu bereit, ihn zurück zur Villa zu begleiten. Dem Diener, der doch einiges gewohnt sein musste, verschlug es die Sprache, als Steffen mit den Beamten vor der Tür stand. Der Stadtdirektor ließ ausrichten, dass der nächtliche Besuch ein Nachspiel haben würde, sollten sie keinen triftigen Grund für eine solche Maßnahme vorweisen können. Steffen merkte sofort an der Reaktion der Polizisten, dass sie jegliche Verantwortung für diese Aktion ihm anlasten würden.

Nach einer halben Stunde wurden sie ins Wohnzimmer gebeten. Direktor Kaltermann hatte sich einen Morgenmantel übergeworfen, Dr. Brenner war wohl nicht mehr anwesend.

Nachdem die Beamten ihre Fragen und die Behauptungen ihrer Begleitperson gestellt und dargelegt hatten, sah Steffen in das eiskalte Gesicht des Stadtdirektor, dessen versteinerte Mine sich ein geradezu abartiges Lächeln abzwang: „Ich kenne diesen Mann nicht! Wie kommt der zu einer solchen infamen Verleumdung? Ich werde morgen meinen Anwalt einschalten! " Steffen hatte vermutet, dass man sich gegen seine Behauptungen wehren würde, aber die Kenntnisse des

Grundstücks, das Vorhaben der beiden hohen Beamten, all das hatte er doch vor Stunden hier gehört. „Entschuldigung, " er tippte einem Polizeibeamten auf die Schulter, denn er wollte nicht als Lügner dargestellt werden: „Der Hausdiener hat uns empfangen. Wir sind mit seiner Luxuslimousine abgeholt worden. Er hat mir auch das Taxi gerufen. Er wird das bestätigen!" Der Beamten zog seine Stirn in Falten: „Herr Steffen! Es ist sehr spät! Wir sind alle sehr, sehr müde! Der Herr Stadtdirektor ist vor einer halben Stunde erst von einer Geschäftsreise zurückgekommen. Ihr Amtsleiter war seit Wochen nicht mehr hier und der Diener kennt Sie nicht. Er hat Sie das erste Mal in seinem Leben gesehen, als wir eben vor der Tür standen. Das hat er schon zu Protokoll gegeben. Er hat auch alle Angaben seines Chefs bestätigt. Gehen Sie nach Hause und schlafen sich erst einmal richtig aus." Er machte eine kurze Pause, nahm dann Block und Stift in die Hand: „Haben Sie etwas gegen Ihren Chef?" Steffen sah ihn erschrocken an, als schon die zweite Frage gestellt wurde: „Gegen den Herrn Stadtdirektor, vielleicht?" Steffen bereute, dass er so spontan zur Polizei gegangen war. Er stand im Flur, wie ein gesudelter Hund. Mit abfälligem Lächeln verabschiedeten sich die Beamten: „Halten Sie sich bereit! Das wird eine saftige Anzeige geben!" Sie gingen zu ihrem Dienstfahrzeug und Steffen bemerkte, wie ihnen der Diener noch etwas zuflüsterte. Was hatte er hier noch zu suchen? Er lief zur Tür und zwängte sich mit hinaus, bevor die Tür geschlossen werden konnte. Da stand der Hausherr neben ihm und blitzte ihn an: „Was sollte das? „Sie haben keine Beweise für das, was Sie da behauptet haben! Sind Sie wahnsinnig?" Die Polizei war vom Hof gefahren und bevor der Stadtdirektor wieder zurück ins Haus ging, flüsterte er ihm im Vorbeigehen zu: „Steffen, Sie sind ein toter Mann!" Dann war er mit dem Diener in der Villa verschwunden, die Außenbeleuchtung wurde gelöscht und er tappte im Stockdunklen zur Straße, wo er umständlich sein mobiles Telefon hervorkramte. Als er nach 500 Metern ein Straßenschild gefunden hatte, rief er ein Taxi hierher, in diese einsame, teure Gegend. Der Abend war gelaufen und seinen angefangenen Job im Amt war er auch mit Sicherheit wieder los.

Es gab nur noch die Flucht nach vorne! Er musste Beweise sammelt, Verbündete suchen, sein Wissen weitergeben . . . . .

Die Leuchtreklame in der Stadt brachte ihn auf eine neue Idee! Er musste sich der Presse anvertrauen, bevor es zu spät war!

„Wie konntest du mir so ein Kuckucksei ins Nest legen? Hast du noch alle Sinne beisammen? Der hängt am Tropf! Der braucht das Geld! Ich kann dein dummes Gesülze nicht mehr hören! Jetzt kann ich mein Vorhaben erst einmal auf Eis legen. Haben wir wenigstens die Beamten auf unserer Seite?"

Brenner und Kaltermann hatten sich zu einer internen Krisensitzung bei dem Stadtdirektor zusammengesetzt. „Wegen der Polizei mach dir mal keine Sorgen! Ich hab schon mit Alfred gesprochen. Unser Polizeipräsident hat noch etwas bei mir gut zu machen. Er sorgt dafür, dass über den Einsatz kein Bericht geschrieben wird. Kümmere du dich um deinen Angestellten und bring ihn zum Schweigen! Wieso spielt der sich überhaupt so auf? Der hat nichts, aber auch gar nichts Schriftliches. Keine Beweise, nichts! Was hat den bloß geritten?"

Brenner murmelte leise etwas vor sich hin.

„Lauter! Wir sind alleine, du kannst mich an deinen Überlegungen ruhig teilhaben lassen!"

„Vielleicht ist das die Rache für seine Frau! Es könnte doch sein, dass sie ihm . . . . "

Kaltermann fuhr ihm über den Mund: „Halt endlich deine Klappe und erwähne das nicht mehr! Du konntest schon früher nie deine Griffel bei dir behalten! Ich weiß doch nur das, was du mir in dieser Nacht erzählt hast! Hab ich dir ein Alibi verschafft? Na also, es wird nichts geschehen! Ausgerechnet der sollte uns jetzt im Nachhinein gefährlich werden? Du hast gesagt, dass er keinen Verdacht schöpft! Schaff ihn aus meinen Augen oder ich werde verhindern, dass eine Gefahr von ihm ausgeht, wenn du dazu nicht im Stande bist! Aber eins solltest du dabei bedenken! Da hängt auch das lukrative Riesengeschäft mit dem Verkauf des Landschaftsschutzgebietes dran."

Brenner wischte sich die nasse Stirn ab. Sein Gewissen hatte sich zurückgemeldet, er musste dringend handeln, um nicht mit Glanz und Gloria unterzugehen. Es stand für beide viel auf dem Spiel. „Plan A?" Kaltermann schaute ihn an und Brenner bestätigte: „Ja, es wird das Beste für uns alle sein! Plan A!"

Der Stadtdirektor ging zur Sitzecke, nahm das Ölgemälde vom Haken und drehte an der Kombination des eingemauerten Safes.

Ein leises Klicken und die Tür sprang auf. Sein Kopf verschwand fast in dem Stahlrahmen, dann kramte er eine kleine Holzschachtel hervor, öffnete sie und hielt seinem Schwager den Trommelrevolver hin. „Sechs Patronen müssten doch ausreichen!" Brenner nickte und nahm die Waffe an sich. „Nicht registriert und brandneu! Es wird alles gut, vertrau mir!"

„Was für Beweise sollen das sein?" Am Telefon verdrehte der Redakteur die Augen, als er Steffen diese Frage stellte, denn schon mehrfach hatten sich solche Anrufe im Nachhinein oft als völlig harmlos erwiesen. Als ihn Steffen um ein persönliches Gespräch bat, hielt der Redakteur den Hörer zu und gab seinem Mitarbeiter ein Zeichen: „Versuch herauszubekommen, von wo der anruft, du weißt schon!" Der Angestellte nickte und sprang auf, um zur Telefonzentrale zu laufen, aber die Zeit war zu knapp, denn Steffen sagte nur noch einen einzigen Satz: „Sollte mir etwas passieren, dann ist das Ihre Schuld, weil Sie mir nicht geglaubt haben!" Damit legte er wütend auf, denn die Polizei unternahm nichts, die Presse war nicht interessiert und er war zum Freiwild geworden. Er musste sich irgendwie absichern, denn schützen konnte er sich schlecht, da er nicht wusste, wann und aus welcher Ecke eine Gefahr drohen würde.

Als die Reporter vor seinem Haus standen, waren sie sich endlich der Brisanz des Telefonates bewusst, denn sie hatten damals vergeblich versucht, mehr über den ominösen Unfall der städtischen Angestellten, Eleonore Steffen zu erfahren. Jetzt hatte sich der Ehemann bei ihnen gemeldet – das konnte doch kein Zufall sein!

„Erledigt! Zwei Patronen fehlen! Ich hab sie gesäubert und eingeölt, wer weiß, ob wir die noch einmal brauchen!" Brenner hielt seinem Schwager den Revolver hin und wunderte sich, dass der nicht begeistert davon war.

„Du Trottel!" sagte er und ergänzte sofort: „Steck sie wieder ein, ich kenne die Waffe nicht! Sie ist benutzt! Spurensicherung? Schon mal davon gehört? Wirf sie in den Fluss, die Waffe ist verbrannt! Stell dir bloß vor, die Steuerfahndung oder irgendeine andere Behörde macht eine Hausdurchsuchung! Mann oh Mann, lass die Waffe verschwinden, noch heute Abend!" Brenner nickte. Er schien verstanden zu haben, denn schon wischte er mit dem öligen Lappen, der die Waffe umgab, wild an dem Griff herum. „Aber die Patronen können wir doch noch gebrauchen, oder?"

Kaltermann stöhnte auf, verdrehte die Augen und ließ sich in den Sessel fallen.

Da klopfte es an der Tür und der Diener erschien: „Herr Direktor? Hier sind zwei Beamte der Kripo, die Sie sprechen wollen!" Der Stadtdirektor sprang auf: „Sagen Sie den Männern, dass ich noch nicht angezogen bin, sie sollen sich einen Augenblick gedulden." Der Hausangestellte wurde zur Seite geschoben und drei Beamte betraten das Zimmer: „Aber Sie sind doch angezogen!"

Brenner brach der Schweiß aus. Jetzt war keine Zeit mehr, die ungeliebte Waffe verschwinden zu lassen. Er bewunderte die äußerlich gelassene Art seines Schwagers: „Kommen Sie doch herein, meine Herren! Ich habe nichts zu verbergen. Das ist mein Schwager, Guido Brenner, Tiefbauamt. Was führt Sie zu mir?"

Ein Beamter blieb an der Tür stehen und schlug demonstrativ seine Jacke zurück, um schneller an seine Dienstwaffe kommen zu können, sofern das notwendig wäre.

Die beiden anderen setzten sich unaufgefordert hin, stellten ein kleines Gerät auf den Tisch und schauten Kaltermann an. „Haben Sie uns etwas zu sagen?" Abgebrüht, wie immer lächelte er und schlug die Beine übereinander, antwortete aber nicht auf die verfängliche Frage. „Sie setzen sich neben ihn!" forderte der Kommissar Brenner auf, der hinter dem Sofa stehengeblieben war. Kaltermann schaute auf das kleine Gerät: „Was ist das?" fragte er neugierig und ohne eine Antwort drückte der Beamte einen Knopf. „Und? Weiter?" Ein Pfeifen und Krächzen begleitet die gestellte Frage. Das Gerät wurde wieder ausgeschaltet und die kurze Antwort war: „Abhörwanze! Hier irgendwo im Zimmer! Was für ein Pech, für sie beide! Wo ist die Waffe?" Die Männer zogen ihre Pistolen, eine Gegenwehr war zwecklos. Kopfschüttelnd musste Kaltermann mit ansehen, wie sein Schwager den Revolver aus der Tasche nahm und auf den Tisch legte. Ein Beamter nahm sie mit einem Stück Papier vorsichtig am Lauf mit zwei Fingern an und steckte sie in eine Plastiktüte. „Sie werden sich sicher fragen, wer Sie hier abhört, oder besser gesagt, abgehört hat?"

Er schaute in die fassungslosen Gesichter der ehrenwerten, städtischen Beamten, die sich ratlos ansahen. Als keiner von ihnen eine Antwort darauf wusste, erklärte der Beamte: „Nicht? Keine Ahnung? Nun gut! Der Mann ist leider verstorben, besser gesagt, er wurde erschossen! Wir nehmen an, mit dieser Waffe, hab ich Recht?" Brenner hätte heulen können. Seit wann wurden sie abgehört? Wann hatte Steffen Gelegenheit, ein Mikro anzubringen? „An diesem Abend!" schoss es Kaltermann durch den Kopf! Deshalb hatte der auch so viele Fragen gestellt. Sie hatten sich selbst verraten und Steffen konnte alles mit seinem elektronischen Telefon mitschneiden.

Man konnte nun den Unfall an seiner Frau im Nachhinein klären, die Machenschaften der hohen Herren beenden und der Gerechtigkeit Genüge tun . . . . auch wenn Johan Steffen leider nichts mehr davon hatte.

Unverhofftes Glück. . . .

Soviel Pech konnte doch ein einzelner Mann unmöglich in so kurzer Zeit haben!

Frank Thoma hatte seine letzte Klausur in der Uni total verhauen, weil er sich nicht mehr auf sein Studium konzentrieren konnte. Seine Freundin war mit einem anderen Mann durchgebrannt, weil er zu langweilig für sie gewesen war und kaum noch Zeit für sie hatte. Die Trinkgelder, auf die er als Aushilfskellner in der Altstadt-Kneipe angewiesen war, flossen nicht mehr so üppig, wie das noch vor Monaten der Fall gewesen war.

Kurz gesagt: Frank war wieder einmal völlig Pleite!

Sie hatten schon vor zwei Stunden die Kneipe geöffnet und nur zwei Stammgäste saßen auf dem ledernen Sofa, obwohl draußen die helle Neonreklame angekündigt hatte, dass das Fußball-Länderspiel, von einem Pay-TV Sender auf der großen Leinwand mit einem Beamer gezeigt wurde. Die erste Halbzeit war fast vorüber, der Ton laut aufgedreht und die Fenster geöffnet, damit man zum Anlocken der Gäste draußen den Originalton hören konnte. Missmutig saß Frank auf dem Barhocker, den er sich hinter die Theke geholt hatte und spülte die verstaubten Gläser, die auf einem Bord über dem Tresen auf die Gäste warteten.

Da wurde endlich wieder der schwere Vorhang zurückgezogen und vier Männer kamen herein. Mit den dunklen Sonnenbrillen, den hellen Filzhüten und den eleganten Anzügen schienen sie hier fehl am Platz. Während zwei von ihnen an der Tür stehenblieben und einer unaufgefordert hinter der Privattür des Wirtes verschwand, kam der letzte auf die Theke zu: „Habt ihr einen guten Schampus?" Mit einem Schlag war Frank Thoma hellwach. Er witterte einen großen Umsatz, nickte und ging zum Kühlschrank. Da kam die Ernüchterung: „Warum verkauft ihr dann keine einzige Flasche davon?"

Die Männer lachten laut, als plötzlich die Tür hinter der Theke wieder aufflog und Hendrik, der Wirt herausgestoßen wurde: „Es ist immer wieder dasselbe!" fluchte der Fremde und rammte dem Wirt ansatzlos und ohne Vorwarnung seine geballte Faust in die Magengegend. Mit einem erstickten Seufzer rutschte Hendrik auf den Boden, wo er sich krümmte und nach Luft schnappte. Der Fremde beachtete ihn nicht mehr und schaute Frank an: „Und du? Was ist mit dir? Hat er dir keine Anweisung gegeben? Schau in die Kasse! Ist da kein Umschlag für uns drin?"

Thoma war nicht weltfremd und folgerte sofort, das die Männer dabei waren, Schutzgeld zu erpressen. Jetzt sah er auch die Griffstücke, die aus den Innentaschen hervor lugten und das waren keine Wasserpistolen! „Morgen Abend! Gleiche Stelle, gleiche Welle! Wenn dein Boss wieder aufnahmefähig ist, so sag ihm, dass sich die Summe soeben verdoppelt hat! Jungs, Abmarsch!" Der Spuk war genauso schnell wieder vorbei, wie er begonnen hatte und die einzigen Gäste krochen langsam wieder unter dem Tisch hervor: „Zahlen!" riefen sie, legten ein paar Banknoten auf die Theke und rannten nach draußen.

Frank lief um den Tresen herum und drehte vorsichtig den Kopf seines Chefs zu sich: „Was war das denn? Soll ich die Polizei . . .?"

„Keine Polizei!" Er spukte Blut, wischte sich mit dem Ärmel den Mund ab und wiederholte: „Keine Polizei! Ich zahle, bevor die mir die Bude abfackeln, da sind auch die Behörden machtlos!" Frank half ihm hoch, setzte ihn auf einen Stuhl und reicht ein Glas Whisky, das der Verletzte mit leicht verdrehtem Kopf vorsichtig trank, während er schmerzverzerrt den starken Alkohol auf seiner zersprungenen Lippe ertragen musste.

„Das Doppelte, haben die noch gesagt, als sie gegangen sind. Was heißt das? Wieviel wollen die haben?" Hendrik Görner lächelte gequält. „Das brauchst du nicht zu wissen! Bleib morgen lieber zuhause. Ich will nicht, dass sie dich mit da reinziehen. Ich mach das schon! Für heute ist Feierabend!" Er ging wankend zur Tür, schloss ab, nahm die Fernbedienung und stellte den Beamer aus. Dann betätigte er die alte Registrierkasse mit der Seitenkurbel, die Schublade sprang auf und Hendrik gab seinem Gehilfen einen 50,--€-Schein. „Für Morgen mit!" sagte er und ergänzte: „Ich will dich erst übermorgen Abend wieder hier sehen! Denk dran!"

Er wartete keine Antwort ab, löschte das Licht und zeigte auf die Hintertür. „Ich mach noch die Abrechnung, Tür ist auf, schlaf gut . . . . trotzdem! Und mach dir keine Sorgen, alles wird gut!"

Frank stand im Hinterhof. Wo war er da hereingeraten? Warum keine Polizei? Hatte sein Chef tatsächlich so viel Angst vor denen? Und wenn er . . . .anonym?

Er verwarf sein Ansinnen. „Er will keine Polizei! Also soll es auch so sein!"

Er ging nach Hause, während er sich ungewöhnlich oft umdrehte und war froh, als er die Wohnungstür aufschloss.

Er nahm eine Flasche Bier aus dem Kühlschrank und schaute sich die zweite Halbzeit des verpassten Fußballspiels zum Ablenken in seinem kleinen Fernseher an. Obwohl er versuchte, sich auf das Spiel zu konzentrieren, kreisten seine Gedanken immer wieder um das Erlebte, was ihm wie ein fürchterlicher Traum vorkam.

„Morgen sind keine Vorlesungen, da werde ich richtig ausschlafen!" dachte er, als das Torergebnis feststand. Seine Mannschaft hatte mit drei Toren Differenz verloren.

Mittags war er wach geworden, stand nun am Herd und brutzelte sich zwei Spiegeleier, die er mit Schinkenstreifen und Käsestückchen belegt hatte. Das Erlebte hatte ihn auch in der Nacht so stark beschäftigt, dass er beschloss, sich am Abend für alle Fälle hinter dem Kiosk gegenüber der Kneipe zu verstecken und aufzupassen. Als es dunkel geworden war, nahm er sein mobiles Telefon, stellte den Signalton auf stumm und wartete ab. In ein paar Minuten würde Hendrik seine Kneipe öffnen, wenn er tatsächlich den Mut dazu hatte, was Frank nach dem gestrigen Abend doch stark bezweifelte.

Es war ein lauer, trockener Sommerabend.

Da hörte Frank die große Limousine, die um die Ecke bog und fast geräuschlos genau vor der Kneipe parkte. Drei Männer stiegen aus und er sah, dass einer hinter dem Steuer saß. Der Motor wurde abgestellt, die Scheinwerfer ausgeschaltet und es schien ihm, als würde er lesen oder mit seinem Handy zu spielen.

Da passierte es! Kurz hintereinander hörte er laut drei Schüsse. In der einsamen Gegend schien keiner den Lärm bemerkt zu haben.

Zweifellos ging es in der Gaststätte ums Ganze. Frank zitterte und wollte die Polizei rufen, als er drüben den Fahrer sah, der aufgeregt aus dem Wagen sprang, die Autotür offenließ und die Stufen herauf rannte.

Wieder fielen zwei Schüsse! Dann war Ruhe. .

Frank wusste nicht, was er jetzt machen sollte. Hendrik hatte doch keine Schusswaffe . . . . oder doch? Klärte er das Geschäft auf seine Weise? Wieder nahm er sein Handy und versuchte, die 112 anzurufen, als Hendrik mit einem Gewehr im Anschlag schussbereit in der Tür erschien. Er ging zu dem offenstehenden Wagen, trat die Fahrertür zu, drehte sich um und vergewisserte sich, ob es Zeugen gegeben hatte. Dann war er wieder in seiner Kneipe verschwunden, die Reklame ging aus und es herrschte eine trügerische Stille.

Frank traute sich aus seiner Deckung, lief über die menschenleere Straße und blinzelte durch ein Fenster in die Schankstube. Entsetzt wich er zurück, denn alle vier Männer knieten, hockten oder lagen verstreut auf dem Boden, während Hendrik in aller Seelenruhe neue Patronen in das Magazin seiner Winchester schob. Frank hätte eine solche Tat dem kleinen, schmächtig wirkenden Hendrik niemals zugetraut. Und wo hatte der Kerl das Gewehr überhaupt her? Legal war das mit Sicherheit nicht! Frank streifte seine dünnen Fahrradhandschuhe über und näherte sich dem Fahrzeug, das die Gangster hier siegessicher abgestellt hatten. Die Scheiben waren allesamt abgedunkelt, sodass er nicht hineinschauen konnte. Er atmete tief durch und seine Hand fasste, wie ferngesteuert an den Türgriff.

Auch die hinteren Türen waren nicht verschlossen. Tür auf, Tür zu und Schwupps, saß er auf dem Rücksitz. Dabei stieß er im Fußraum gegen zwei Aluminiumkoffer, die dort, von Mänteln verdeckt unter dem Beifahrersitz lagen. Er sprang aus dem Wagen und wollte schauen, ob sein Chef Hilfe brauchte. Als er in den Hinterhof spähte, sah er Hendrik, der dabei war die leblosen Körper in den hinteren Flur zu ziehen.

Frank änderte seinen Plan, lief zurück zu dem Gangsterauto, nahm die beiden Aktenkoffer an sich und versteckte sich wieder auf der anderen Straßenseite. Er war gerade hinter dem Kiosk angekommen, als Hendrik, diesmal ohne sein Gewehr, aus dem Hof kam, umständlich an einem Schlüsselbund sortierte, zielsicher zu dem Wagen ging und einstieg.

Es dauerte nur kurz und der Wagen sprang an. Mit einer geübten Kurve wendete er den auffälligen amerikanischen Straßenkreuzer und steuerte ihn in den Hof. Jetzt würde es keinen Sinn mehr machen, die Polizei anzurufen! Womöglich hätte Hendrik dann eine Anzeige am Hals, denn ob es Notwehr gewesen war, konnte Frank weder dementieren, noch bestätigen. „Das ist alles nicht mein Bier! Ich werde die Koffer morgen zur Polizei bringen und sagen, dass sie hier gelegen haben!"

Und dann? Was würden die Beamten denken? Was wäre die logische Schlussfolgerung? Frank brauchte Bedenkzeit! Das war alles viel zu schnell passiert und wohl für irgendwen aus dem Ruder gelaufen. Vielleicht waren in den beiden Koffern Unterlagen, mit denen die Männer überführt werden könnten . . . . aber wenn sie nicht mehr lebten? Frank war in ein schweres Verbrechen verwickelt worden, aber konnte man ihm irgendetwas nachweisen?

Er hatte plötzlich berechtigte Zweifel, ob der Wirt nicht eiskalt geplant oder in einem Wutanfall Selbstjustiz verübt und sich damit von der Brut befreit hatte.

„Was geht das mich das an? Ich habe Sorgen genug! Außerdem kann Hendrik bezeugen, dass ich heute Abend überhaupt nicht hier gewesen bin! Ein besseres Alibi kann ich überhaupt nicht bekommen."

Er ging nach Hause, an jeder Hand einen schweren Koffer. Zuhause nahm er seine obligatorische Flasche Bier, betrachtete die Kombinationsschlösser seiner beiden Schätze und holte die Werkzeugkiste. Seine Neugier war geweckt, als sich die Bügel nicht so ohne weiteren Aufwand einfach so öffnen ließen. Selbst als er zwei Schraubendreher verbogen hatte, gab er noch nicht auf.

Er ging mit seiner Beute in den Keller, zog seine Schutzbrille an, legte eine besonders harte Diamantscheibe in seine elektrische Schleifmaschine und startete einen brachialen, letzten Versuch.

Am nächsten Abend ging Frank Thoma, wie besprochen in die Kneipe. Natürlich war er von Neugier zerfressen, aber er durfte sich nicht verraten.

Hendrik stand gutgelaunt hinter dem Tresen, lächelte seiner Aushilfe zu und stellte ihm unaufgefordert ein Glas Cola hin.

„Heute ist ein schöner Tag gewesen. Ich hab die Getränke noch im Kofferraum. Wenn du willst, kannst du mir dabei helfen?" Frank nippte an seinem kühlen Getränk. Kein Wort zu den Ereignissen, gestern Abend? Er schaute Hendrik von der Seite an. Wären da nicht die beiden Pflaster an dessen Stirn und Wange gewesen, man hätte niemals an eine Auseinandersetzung gedacht.

Frank fasste seinen Mut zusammen, als er hinter die Theke ging und sich die lange Schürze anzog: „Waren die gestern noch einmal hier?" Erstaunlicherweise zeigte der Wirt keine Reaktion: „Wen meinst du? Ach die Möchtegern-Gangster meinst du? Nee, hab mich auch gewundert, dass die zuerst so eine Show veranstaltet hatten und dann nicht erschienen sind!" Hendrik wartete keine Antwort oder weitere Frage ab, nahm seinen Autoschlüssel von der Theke und ging vor: „Hilfst du mir?" Der Wirt, den Frank am Vorabend so verängstigt erlebt hatte, lächelte.

Sie trugen die Getränke in den Kühlraum und waren bald wieder zusammen im Schankraum. Der schwere Vorhang wurde zurückgezogen und ein Pärchen betrat grüßend die Kneipe. Sie schauten sich kurz um und verzogen sich in die hintere Ecke. Hendrik gab seiner Aushilfe einen Wink mit dem Kopf, während er seine Schürze auszog und an den Haken hing: „Machst du weiter? Ich bin hinten, im Büro!"

Frank musste noch eine Frage loswerden: „Und wenn die heute Abend kommen und das Spiel beginnt von vorne?"

Hendrik lächelte siegessicher und klopfte dem jungen Studenten auf die Schulter: „Die kommen nicht mehr wieder, das spüre ich, mach dir keinen Kopf und geh die Gäste bedienen!" Er drehte sich um und verschwand hinter der Privattür.

Als Frank die Bestellung aufnahm, fragte der Mann, ob es möglich wäre, den Fernseher einzuschalten. „Den Beamer meinen Sie? Läuft denn da heute Abend was Besonderes?"

Wie aus der Pistole geschossen kam die Antwort: „Tennisturnier, Kanal 3, glaube ich!"

Frank stellte mit der Fernbedienung das gewünschte Programm ein und ging hinter den Tresen, um die Getränke vorzubereiten.

„. . . . . und nun die Nachrichten: Münster. Im südlichen Aasee wurde heute Mittag eine

Limousine entdeckt, da das Dach einen halben Meter aus dem Wasser ragte. Der Wagen muss von der Mecklenbecker Straße, aus Richtung des Bootshafens gekommen und in einer Kurve von der Fahrbahn abgekommen sein. Es befanden sich mehrere männliche Personen im Fahrzeug, die nur noch tot geborgen werden konnten. Die Kriminalpolizei hat die Ermittlungen aufgenommen.

Greven. Auf der A1 in Höhe der Abfahrt Nr. 76 gab es mehrere Auffahrunfälle. Der . . . "

Frank hörte nicht mehr hin. Als die erste Meldung über den Fernseher gekommen war, hatte er angestrengt hingehört und sich beim Spülen eines Glases in den Finger geschnitten. Hoffentlich hatte er keine Spuren in dem Wagen zurückgelassen. Dieser Halunke hatte also die Männer zurück in den Wagen geschafft und, wie auch immer er das anstellte, im Aasee versenken wollen. Die werden doch schnell feststellen, dass die erschossen wurden, was dann?

„Ober, wo bleiben die Getränke?" Frank stellte die Gläser auf das Tablett: „Komme schon!" Er hatte sich geschworen, so lange hier weiter auszuhelfen, bis er Klarheit darüber hatte, das man nicht mehr nach den beiden Koffern suchen würde.

Das Zählen der gefundenen Banknoten hatte die ganze Nacht gedauert und nun lagen die gebündelten Scheine in einem Schuhkarton unter seinem Bett. Die demolierten, verbeulten Alu-Koffer hatte er auf einem Schrottplatz über den Zaun geworfen . . . . .

Für ein sorgenfreies Leben war gesichert, aber er musste die ganze Sache sehr langsam und sorgfältig angehen.

Es stellte sich heraus, dass man seitens der Polizei im Milieu der Erpresser den oder die Täter suchte. Die verwendete Tatwaffe war nicht aufzufinden und es kam noch nicht einmal ein Verdacht auf, dass es sich um eine Gegenwehr gehandelt haben könnte. Ich einem vertraulichen Gespräch bat dann Hendrik seinen Gehilfen, er möge keine schlafenden Hunde wecken und womöglich, wenn auch aus Versehen, den nächtlichen Besuch der Männer zu erwähnen. Er schob seinem Angestellten einen Umschlag zu und erklärte dabei: „Wären die Männer an jenem Abend gekommen, so hätten die das Geld bekommen. Nimm das! Es gehört dir. Jetzt kannst du in Ruhe dein Studium finanzieren.

Frank nickte und mit einem dankbaren Lächeln verschwand der Umschlag in seiner Tasche . . .

Nicht auffallen . . . bloß nicht auffallen!

Das Vermächtnis des Mörders
Kölner Hauptbahnhof

„Achtung! Achtung! Der ICE 585 nach Berlin-Ostbahnhof, planmäßige Abfahrt um 14.10h, Gleis 1, wird voraussichtlich 25 min später eintreffen. Wir bitten um Entschuldigung!" Diese Durchsage klang für den Reisenden auf dem Kölner Bahnsteig noch nicht besorgniserregend, denn er war nicht in Eile. Er setzte sich auf die drahtgeflochtene Bank, schlug seine Tageszeitung auf und suchte nach dem Börsenteil, als er von einer jungen Dame angesprochen. „Entschuldigung, fahren Sie auch mit dem ICE?" Der Mitfünfziger legte die Zeitung beiseite, denn unaufgefordert machte sie Anstalten, sich neben ihn zu setzen. „Ja", antwortete er etwas verwirrt. „Das ist gut!" sagte sie, „Ich fahre nämlich sehr ungern alleine! Wo müssen Sie denn hin?" Jan Gerlach stand auf, auch wenn es sehr unhöflich erschien. Diese attraktive Frau hätte glatt seine Tochter sein können. Sie suchte Anschluss, das war unverkennbar, aber er hatte diese aufdringliche Art noch nie gemocht. „Entschuldigen Sie, meine Frau wartet." Ohne auf eine Reaktion oder Antwort zu warten, nahm er seine Reisetasche und ging den

Bahnsteig entlang. Weit konnte er nicht gehen, denn er befand sich im Bereich „C", wo der Waggon mit seiner Platzreservierung halten würde. „Was will die von mir? Ist das eine Bordsteinschwalbe?" rätselte er und nahm wieder auf einer dieser unbequemen, harten Bänke Platz, nachdem er sich vergewissert hatte, dass sie ihn hinter dem Reklameschild nicht mehr sehen konnte. Gerade als er wieder die Zeitung aufschlug, stand sie plötzlich wieder vor ihm und schaute ihn lächelnd an, so als hätte sie seine Taktik durchschaut. „Sie sind ein kleiner Schlingel, ich sehe hier keine Frau Gerlach!" sagte sie und ihm wurde heiß und kalt zugleich! Woher kannte sie seinen Namen? Er musterte die Frau und durchsuchte sein Hirn. Hatte er irgendwo im Urlaub eine Frau kennengelernt und nun war das Produkt dieses flüchtigen Flirts auf der Suche nach ihm? Dem vermeintlichen Vater? „Unmöglich!" schoss es ihm durch den Kopf. Wie hätte man ihn ausfindig machen können? Er hatte bei seinen vielen Bekanntschaften noch nie seinen Namen genannt. Es musste eine andere Erklärung dafür geben: „Kennen wir uns?" Sie ging auf die Frage nicht ein und stand provozierend vor der Bank, bis ein anderer Fahrgast seinen Platz freiwillig räumte und aufstand. Schnell saß sie wieder neben ihm. An ihrer dreisten Art merkte er, dass es nicht so einfach werden würde, diese Person wieder los zu werden. Er würde ihr bis zu seinem Ausstieg nicht ausweichen können. Sie musterte ihn intensiv: „Warum ziehen Sie ihre Stirn so kraus?" Jan fühlte sich nicht wohl. Er kannte die Frau nicht, trotzdem gingen seine grauen Zellen alle Erlebnisse erfolglos durch. Urlaub? Arbeitsplatz? Eine Bekannte seines Sohnes vielleicht? Der Aha-Effekt blieb aus und so ging er in die Offensive. „Und? Nun sagen Sie schon! Woher kennen Sie mich und was wollen Sie von mir?" Die Fremde lächelte charmant. Sie schien es zu genießen, dass er verwirrt war: „Ich erledige nur einen Auftrag!" Jan drehte sich nach allen Seiten um. Sie saßen alleine auf der Bank, denn die anderen Fahrgäste waren schon ungeduldig aufgestanden und warteten auf die nächste Durchsage, die durch ein Rauschen im Lautsprecher angekündigt wurde: „Achtung am Bahnsteig 1! Es fährt ein der ICE 585 nach Berlin-Ostbahnhof, planmäßige Abfahrt um 14.10h. Bitte Vorsicht bei der Einfahrt!" Fast lautlos glitt der hellgraue Lindwurm in den Bahnhof und stoppte. Die junge Frau stand auf, als die Türen mit Pressluft geöffnet wurden und mischte sich unter die anderen Fahrgäste. Reisende mit Koffern und

Rucksäcken stiegen aus, die Wartenden strömten danach in die Wagons. Ein paar Minuten später schlugen automatisch die offenstehenden Türen zu, ein schriller Pfiff ertönte und der Zug glitt genauso leise wieder durch das Gleisbett in die andere Richtung und verließ den Bahnhof.

Tauben flatterten von den Eisenträgern der Dachkonstruktion herab, als die silbern glänzenden Wagons hinter der nächsten Biegung verschwunden waren und landeten geschickt neben den Bänken. Jetzt konnten sie ungestört die achtlos weggeworfenen oder heruntergefallenen Essensreste aufzupicken. Der Bahnsteig war fast menschenleer und aus dem Lautsprecher klang monoton und etwas blechern die weibliche Stimme von der anderen Seite herüber. Auf den anderen Gleisen wurden Züge angesagt, Wartende stellten gegenüber noch einmal ihr Gepäck ab und dicht gedrängelt standen nun Frauen, Männer in Anzügen, ausländische Reisende und Sportler mit ihren Fahrrädern kunterbunt nebeneinander. Hier, auf diesem Bahnsteig war für mehrere Minuten Stille eingekehrt. Nur auf der unbequemen Bank saß noch immer Jan Gerlach – alleine.

Er war in sich zusammengesunken und in eine unnatürliche Haltung schräg gegen die Rückenlehne des Drahtgeflechtes der Bank gerutscht. Von den gegenüberliegenden Gleisen konnte man den Mann nicht mehr erkennen, so tief war er heruntergerutscht. Die Tauben umkreisten seine Füße, ohne auf ihn zu achten. Sie schienen zu ahnen, dass von ihm keine Gefahr mehr ausging, eventuell unbeabsichtigt getreten zu werden. Der Mann hielt seine rechte Hand verkrampft an den Hals, seiner linken war die Zeitung entglitten, die er eben noch interessiert durchgeblättert hatte. Seine glanzlosen Augen waren weit geöffnet und starrten leer nach oben. Wenn man genauer hinsah, so konnte man sogar den weißen Schaum erkennen, der seitlich aus seinem verzerrten Mundwinkel quoll.

Jan Gerlach war tot.

Es geht weiter

Er lag mit geschlossenen Augen friedlich in seinem Bett. Erst als die Putzfrau mehrfach an seine Tür geklopft und keine Antwort erhalten hatte, war sie hereingekommen. Sie wunderte sich noch, dass seine Leselampe brannte und ein aufgeschlagenes Buch auf dem Oberbett lag. Sie schaltete das Licht aus, denn sie wollte ihn nicht weiter stören. Als ihr dabei die Sprudelflasche neben dem Bett klirrend umfiel, erschrak sie fürchterlich, doch es gab keine Reaktion des Mannes. Er war durch das laute Geräusch nicht wach geworden. Als sie daraufhin seine Hand berührte, fuhr sie erschrocken zurück, denn sie war eiskalt. Ihr Chef musste schon seit Stunden tot sein. Die benachrichtigte Polizei ging von einem natürlichen Tod aus, denn es deutete im Zimmer zunächst nichts auf Fremdeinwirkung hin. Jedoch fand man bei der Untersuchung der Leiche in der Gerichtsmedizin heraus, dass in den Lungen des Mannes Spuren von giftigen Gasen waren, die zuerst eine lähmende Wirkung auf die Muskeln und danach auf das zentrale Nervensystem gehabt hatte. Der Atem blieb aus, der Mann war zweifelsfrei erstickt. Er war vergiftet worden. Sofort fuhren die Kriminalbeamten mit der

Spurensicherung in die Wohnung. Nach gründlicher Suche fanden sie unter anderem ein gebrauchtes Papiertaschentuch und eine zerdrückte Zigarettenkippe. Der Ermordete war Nichtraucher. Das hatte die Obduktion der Leiche eindeutig ergeben. Der unbekannte Täter musste also Raucher sein und den Mann gekannt haben, denn er war nicht gewaltsam eingebrochen. Die Gewohnheit, vor dem Einschlafen noch ein paar Seiten zu lesen, war ihm zum Verhängnis geworden. Der Täter hatte vorher die Wohnung alleine betreten, die Birne aus der Lese-Lampe herausgeschraubt und durch einen präparierten Reflektor ersetzt. Mit Atemschutz wurde das Gift in flüssiger Form mit einem Pinsel aufgebracht und trocknen lassen. Beim Einschalten der Lampe wurde der aufgetragene, toxische Stoff durch die Hitze der Glühlampe wieder flüchtig und durch den ahnungslosen Leser aus nächster Nähe intensiv und lange eingeatmet, bis zuerst starke Kopfschmerzen eintraten und danach sein Kreislauf versagte. Die Suche im Bekanntenkreis des Ermordeten brachte keine verwertbaren Spuren und schien vorläufig im Sand zu verlaufen. Man hatte bei der Wohnungsdurchsuchung ein notarielles Schreiben gefunden, das den jungen Beamten stutzig machte.

Es handelte sich um die Benachrichtigung einer Testamentseröffnung, die in einer Woche stattfand. Das könnte eine erste Spur sein.

Er suchte den Notar auf, um vorab von ihm in Erfahrung zu bringen, ob der Ermordete etwas geerbt hätte. Der berief sich zwar auf die Schweigepflicht, ließ ihn aber ganz nebenbei den genauen Termin der Testamentseröffnung wissen. Mit einem amtlichen Schreiben durfte er sogar an diesem Tag mit im Büro des Notars anwesend sein. Die Erbin, die jetzt an die Stelle des Ermordeten vorgerückt war, seine Halbschwester, spielte verzweifelt mit ihrem Taschentuch und weinte die ganze Zeit leise schluchzend vor sich hin. Sie konnte kaum den Ausführungen des Notars folgen. Im Präsidium stellte man später fest, dass die neue Erbin hochverschuldet war und das Geld bitter nötig hatte. Waren ihre Trauerbekundungen nur gespielt? Sie war dadurch natürlich zur Hauptverdächtigen geworden, aber man konnte ihr trotzdem nicht das Geringste nachweisen. Sie hatte ein ausgezeichnetes Alibi, denn sie war erst nach dem Tod ihres Halbbruders aus Osteuropa, ihrem festen Wohnsitz angereist. Man ließ trotzdem ihr Handy und ihre Konten überprüfen, denn das war in diesem Fall die einzige Spur, die sie hatten. Als die Daten und Verbindungen der letzten Wochen ausgewertet waren und zudem das Taschentuch und die Kippe verschiedene, völlig fremde DNA-Spuren aufwiesen, sich also dadurch kein neuer Anhaltspunkt ergab, drängte der Staatsanwalt darauf, die arme Frau aus dem Kreis der Verdächtigen zu streichen. Kein Nachbar hatte sich etwas dabei gedacht, dass das spätere Opfer eine flüchtige Affäre mit der jungen, attraktiven Frau angefangen hatte, die schon so oft bei ihm ein und ausgegangen war. Diese Beobachtung wurde in den Akten noch nicht einmal erwähnt, obwohl sie in dem Fall von großer Wichtigkeit gewesen wäre.

Wäre sie vor Wochen bei ihrer Arbeit gesehen worden, es hätte schon verwundert, wenn man die elegante, junge Dame mit Handschuhen und Pinzette im Park gesehen hätte. Sowohl in den dort aufgestellten Aschenbechern, wie auch in den Papierkörben suchte sie gezielt nach irgendwelchen Sachen. Sie achtete dabei peinlichst darauf, bei der eigentümlichen Arbeit nicht gestört zu werden. Zeugen konnte sie nicht gebrauchen. In mitgebrachten, kleinen Plastiktüten wurden dann von ihr sowohl die Zigarettenkippen, wie auch gebrauchte Papiertaschentücher gesammelt. Verknotet wanderten die Tüten zusammen mit den abgestreiften, dünnen Handschuhen in ihre

Handtasche, bevor sie wieder zurück nach Hause schlenderte. Bei späteren Taten, die sie stets mit Handschuhen versah, hinterließ sie ein oder zwei dieser eingesammelten Abfälle, die bisher die ermittelnden Polizisten immer wieder auf eine falsche Fährte gelenkt hatten. „Wenn die schon nach brauchbaren DNA Spuren suchen, so sollen sie auch ein Erfolgserlebnis haben!" flüsterte sie so leise, als könnte man sie hören, obwohl sie ganz alleine im Zimmer war.

Man muss ein hieb,- und stichfestes Alibi haben, bevor man zur Tat schreitet. Dann lässt man möglichst die eingesammelten, fremden Gegenstände als irreführende Spur. (In diesem Fall den Rest einer Zigarette und ein benutztes Papier-Taschentuch!)

Es gibt auch die Möglichkeit, sich einen Film anzuschauen und ein paar Tage später, kurz vor dem Verbrechen, zur Kinokasse zu gehen und möglichst auffällig eine Karte für diesen Film zu kaufen. Auffällig deshalb, damit man sich später an sie erinnert. Die Karten werden aufbewahrt und man hat ein perfektes Alibi.

Gottfried Bender, ein Nachbar der Bergs, war schon seit Baubeginn scharf auf deren Grundstück gewesen. War es denn Zufall gewesen, dass ausgerechnet der Mann, dessen Schwester mit dem Kreditsachbearbeiter der

Bank verheiratet war, bei der Versteigerung den Zuschlag bekommen hatte? Eine Phrase war das damals gewesen, die den Namen „Öffentliche Versteigerung" nicht verdiente, denn man hatte dafür gesorgt, dass kein anderer mitbieten konnte und so bekam Bender das Grundstück samt Haus für exakt den Betrag, den man bei der Bank als Restschuld noch in den Büchern hatte.

Ein Bruchteil des wahren Wertes.

Danuta hatte die Liste erweitert, denn auch solche zwielichtigen Gestalten waren an ihrem Leid beteiligt. Man hört doch immer so viel von illegalen Insidergeschäften. Traf das in diesem Fall nicht zu? Was hätte in einem solchen Fall denn eine Anzeige gebracht? Zwei Wochen lang war sie ihm gefolgt, hatte seinen Tagesablauf studiert und war ihm jetzt von der S-Bahn Station Köln-West zur Bushaltestelle Venloer Straße gefolgt. Die Gelegenheit war günstig, denn zu dieser Zeit standen sie alleine in dem Unterstand. Unter dem Vorwand, sich eine Zigarette anzünden zu wollen, sprach sie Bender an und der uralte Trick funktionierte. Er stellte den Aktenkoffer auf die Bank und kramte umständlich in seinen Taschen.

Wieder kam die ruckartige Bewegung viel zu unerwartet.

Der Mann fasste sich an den Hals und ließ sich mit erstauntem Blick stolpernd zurück auf die Bank führen.

Er rutschte kraftlos nach unten. Ohne jegliche Gegenwehr, ohne Kontrolle über seinen Körper, sackte er auf die, mit Graffiti beschmierte Bank. Das freundliche Lächeln der Frau war das Letzte, was er noch mitbekam, bevor er von ihr fest gegen die Lehne gedrückt wurde.

Als zehn Minuten später der Bus an der Haltestelle stoppte, öffnete der Fahrer die Tür und rief dem Sitzenden etwas zu. Als von ihm keine Reaktion erfolgte, schloss er die Tür wieder und fuhr an. Er konnte nicht ahnen, dass der Fahrgast tot war.

Im Dezernat war man zutiefst beunruhigt, denn die Obduktion hatte ergeben, dass auch dieser Mann mit einer Injektion von Schlangengift in den Hals getötet worden war. Wieder gab es keine Zeugen, noch nicht einmal irgendeinen Hinweis, denn die bisherigen Opfer standen in keinem Zusammenhang. Es musste sich bei den Morden um einen verwirrten Täter handeln, der heute hier und morgen da, scheinbar wahllos seine Opfer findet. Ein triebgesteuerter Amokläufer! Man zog einen Profiler hinzu, der anhand der vorhandenen

Fakten ein Täterprofil erstellen sollte. Er war nach zwei Tagen harter Arbeit der Überzeugung, dass es sich hier um einen Einzeltäter, eine Frau mittleren Alters, mit guten medizinischen Kenntnissen handeln müsste. Ein traumatisches Erlebnis in ihrem Leben wird dazu geführt haben, dass sie die Menschen hasste. Das gesamte Bild und das Tatmotiv blieben auch nach diesen Recherchen im Dunklen.

Der Polizeichef verhängte daraufhin eine Nachrichtensperre, denn es war durchaus denkbar, dass Panik in der Bevölkerung ausbrechen könnte. O`Connors sah vor seinem geistigen Auge schon die morgigen Schlagzeilen der Regenbogen-Presse: „Unfähige Beamte stolpern den Opfern hinterher! Kein Hinweis, keine Täterstruktur – nichts!" Und man hatte ja Recht damit.

Es war zum Verzweifeln. Würde hier nur noch ein Zufall die Morde stoppen können?

Am späten Abend geschah im Mediapark hinter dem Parkplatz vom Cinedom ein sehr mysteriöser Todesfall, der jedoch keinerlei Ähnlichkeiten mit den vorherigen Morden hatte und somit diesem Amokläufer nicht zugerechnet werden konnte. Ein Rentner aus Leverkusen war hier ohne erkennbare Gewaltanwendung erstickt. Sofort dachte man an die Giftmorde und obduzierte den Leichnam, jedoch fand man keine Spur eines Betäubungsmittels, nur ältere Hämatome an Armen und Beinen, wie sie bei älteren Menschen schnell im Alltag passieren können. Wie konnte ein Spaziergänger umfallen und durch Atemnot sterben, wenn er, seinem Alter entsprechend ansonsten gesund war? Recherchen ergaben, dass er die Spätvorstellung im Kino gesehen hatte und wohl auf dem Weg zum Bahnhof Hansaring war. Er hatte ein normales Gewicht, nahm keine Medikamente und hatte, wie der Hausarzt bestätigte, einen normalen Gesundheitszustand.

Danuta hatte diesmal auf eine Spritze verzichten können, denn die Plastiktüte, die sie dem Opfer von hinten über den Kopf gestülpt hatte, führte sofort zu der Atemnot, denn sie brauchte lediglich die undurchdringliche Folie mit einer Hand gegen den Mund des Mannes zu pressen, während sie seine Arme auf dem Rücken festhielt. Als sein Widerstand erlahmte, zog sie die Tüte vom Kopf und lockerte ihren festen Griff. Dann machte sie einen Schritt zurück und ließ den leblosen Körper seitlich ins Gras fallen. Das Glück blieb ihr hold, denn die Polizei hatte lediglich in Erfahrung bringen können, dass die letzten beiden Opfer nicht unvermögend waren und es ein finanzielles Interesse an deren Ableben zu geben schien. Man konzentrierte sich auf die Personen, die am meisten vom Tod dieser Menschen profitierten. Auf die mysteriöse Unbekannte, die seltsamerweise an den verschiedenen Tatorten gesehen worden war, fiel in diesem Fall nicht der geringste Verdacht, da sie von den unterschiedlichen Zeugen sehr verschieden beschrieben worden war. Ihr angegebenes Alter schwankte zwischen fünfundzwanzig und fünfzig, ihre Haarfarbe konnte wegen der unterschiedlich eingesetzten Perücken farblich nicht eindeutig benannt werden, und zu guter Letzt hatte sich noch eine Trittbrettfahrerin gemeldet und zweifelhafte Sachen erzählt. Man verwarf vorerst den Gedanken, dass es sich bei den Giftmorden immer wieder einen einzigen Täter handelte.

Späte Genugtuung

Als die Spanierin am frühen Morgen das Haus verließ, um einkaufen zu gehen, ahnte sie nicht, dass es das letzte Mal sein würde. Sie war gerade die Straße herunter gegangen, als eine junge Frau mit blonder Langhaar-Perücke vor dem verhassten Haus auftauchte. Sie atmete tief durch, denn sie hatte hier als Kind die Hölle durchlebt. Sogar der Klingelton der Haustür aus der Oper Tosca ließ böse Erinnerungen in ihr hochkommen. Gemächlich kam der alte Hausherr an die Tür, öffnete ohne zu schauen und ging zurück ins Wohnzimmer: „Na? Lass mich raten! Llave de casa olvida? (Haustürschlüssel vergessen?)" sagte er dabei halblaut in den Flur, denn er war fest davon überzeugt, dass seine Frau zurückgekommen war. Aufmerksam schielte die jüngere Frau nach allen Seiten, als sie den Flur betrat und die Tür hinter sich leise ins Schloss zog. Dann nahm sie ihre Sonnenbrille vom Gesicht und legte sie behutsam in das Etui, bevor sie es in ihrer Handtasche verschwinden ließ. Die Handschuhe behielt sie an. „Wenn du schon mal hier bist, kannst du mir aus der Küche meine Lesebrille geben? Und vergiss nicht, mir . . ." sein Blick erstarrte und die Stimme versagte. Er hatte sich in den ledernen

101

Ohrensessel gesetzt, über dessen Lehne sie sich immer beugen musste, wenn er zum Rohrstock gegriffen hatte. „Du? Was willst du denn hier?" Seelenruhig und ohne etwas darauf zu erwidern ging sie an ihm vorbei zum Schrank. Da er sich nicht so schnell zu ihr umdrehen konnte, hatte sie genug Zeit, die Flüssigkeit aus dem verkorkten Reagenzglas mit dem Druckkolben in die Spritze zu ziehen. So bewaffnet fühlte sie sich sicher, hielt das todbringende Gerät hinter ihrem Rücken verborgen und kam nun um den Sessel herum. „Du erinnerst dich also? Das ist gut und vereinfacht die Sache!" Sie schaute ihm tief in die Augen. „Mein Gott, was willst du? Du warst ungezogen und hattest die Strafen verdient!" Er wusste also genau, was er ihr in den Kinderjahren angetan hatte. „Deine nächtlichen Besuche, hatte ich die auch verdient?" Irritiert wanderte sein Blick im Zimmer hin und her: „Ich weiß nicht, wovon du sprichst! Hirngespinste eines kleinen, phantasierenden Mädchens. Einbildungen! Pure Einbildungen! Du hast mich angehimmelt, Danuta!" Evelin atmete tief durch. Da war es wieder: Danuta hatte er sie genannt. Danuta, diesen Namen hatte ihr das spanische Ehepaar bei der Adoption gegeben. „Für dich immer noch Evelin! Evelin Berg!"

Sie hatte vergeblich versucht, ein letztes Gespräch mit ihrem Peiniger zu führen. Hatte sie etwa eine Entschuldigung erwartet? Aber da war keine Einsicht, keine Spur von Reue. Sie ging hinter den Sitzenden und stach ihm die Nadel seitlich in den Hals. Dann entleerte sie den Inhalt und zog das Gerät wieder zurück, um es ruhig und bedacht für seine Frau ein zweites Mal zu füllen, denn sie würde bald zurück sein. Sie setzte sich ihm gegenüber auf das Sofa und genoss seinen flehenden Blick, seine Hilflosigkeit tat ihr gut. Er öffnete immer wieder den Mund: „Que pasa?" stotterte er und steckte die Zungenspitze nach vorne, denn seine Mundhöhle fühlte sich taub und trocken an. „Tu es muerto! Du bist tot!" erwiderte sie. Undefinierbare Laute kamen aus seinem Mund, reden konnte er jetzt nicht mehr. Dann krallte er seine Finger in die verhasste Sessel Lehne und sein hilfloser Versuch, Luft zu ziehen führte dazu, dass sich seine Gesichtsfarbe bläulich verfärbte. Sein Todeskampf dauerte nur ein paar Minuten, viel zu kurz, dachte sie, für das jahrzehntelange Leid, das er ihr angetan hatte. Dann war es vorbei. Seine Augen starrten glanzlos an ihr vorbei zum Fenster. Schaumflocken quollen aus seinem Mund.

Als sie den Schlüssel im Schloss der Haustür hörte, stand sie schnell auf und stellte sich hinter die Wohnzimmertür, die Spritze einsatzbereit im Anschlag. „Ya volva! Ich bin zurück!" rief die weibliche Stimme, die sie nur allzu gut in ihrer Erinnerung hatte. Es waren zwar fast auf den Monat genau, nun zehn Jahre vergangen, als sie von hier weggelaufen und untergetaucht war, aber der schneidende Tonfall der Alten verursachte immer noch Schmerzen in ihren Ohren. Als keine Antwort kam, betrat sie endlich den Wohnraum und sah sofort, dass ihrem Mann etwas Schlimmes widerfahren sein musste. „Eduardo?" Als sie sich zu ihm herunterbeugte, verlor Evelin keine Zeit. Sie hatte ihr Martyrium all die Jahre geduldet und tatkräftig mitgemacht, das angenommene Mädchen damals für jede Unachtsamkeit, für jede Geste sofort zu bestrafen und zu quälen. Ob sie auch von den nächtlichen Besuchen ihres Mannes gewusst hatte, war ihr in diesem Augenblick völlig egal. Sie hatte in ihren Augen, wie der Ehemann auch, diesen Tod verdient. Wieder stach sie schnell und beherzt die Nadel in den Hals eines Opfers und entleerte den Inhalt komplett. Das alles geschah so schnell, dass die überraschte Frau nicht reagieren konnte.

Als sie sich endlich aufrichten wollte, war es auch für sie zu spät. Beim Versuch, sich auf das Sofa zu retten, stürzte sie in den Glastisch, holte sich dabei tiefe Schnittwunden und blieb regungslos in den Scherben liegen. Das war die Gelegenheit! Evelin war noch nicht mit ihrer Liste fertig. Sie hatte noch viel vor und legte deshalb eine falsche Fährte, indem sie die Spritze und das leere Reagenzglas mehrfach in die Hand und auf die Finger der Sterbenden gedrückt hatte, um Spuren der Ehefrau auf dem todbringenden Gerät zu hinterlassen. Da Evelin immer mit Handschuhen gearbeitet hatte, war es unmöglich, ihre DNA darauf zu finden. Sie nahm ihre Sachen, ging in den Flur und wollte so schnell wie möglich von hier verschwinden, als ihr Blick auf die Handtasche ihrer verhassten Adoptivmutter fiel. Sie kramte die Geldbörse heraus und nahm ein paar Scheine an sich, als der Ausweis der Spanierin herausfiel. „Vielleicht werde ich den noch einmal brauchen," murmelte sie, steckte alles ein, schaute sich kurz noch einmal um und ging zur Tür. Hinter dem kleinen Glasfenster wartete sie im Flur, bis die Straße menschenleer war und trat dann zügig auf den Bürgersteig, nachdem sie die Tür hinter sich wieder ins Schloss gezogen hatte.

Kommissariat Köln, Abt. Gewaltverbrechen

Kevin Arnold, ein junger Kriminalbeamter trat in diesen Tagen seine Planstelle bei der Mordkommission in Köln an. Er war jetzt genau vor einem Jahr mit ausgezeichneten Noten von der Polizeischule gekommen, hatte sein Pflichtjahr bei der „Streife" hinter sich und freute sich auf seinen ersten Fall. Den Kopf voller Ideen und Tatendrang, bekam er jedoch zuerst zur Einarbeitung die bearbeiteten Fällen als „Studienobjekt" auf seinen Schreibtisch. So sollte er sich mit der Arbeitsweise der Beamten vertraut machen. Nach eine Woche fand er in den unerledigten Fällen so auch die offene Akte mit dem bezeichnenden Namen „Viper". Man hatte diesen letzten Mord auf dem Bahnsteig ohne nähere Hinweise aus der Bevölkerung immer noch nicht weiter verfolgen können und mit den weiteren Fällen, die wohl eindeutig auf den gleichen Täter zurückgingen, zusammengestellt. Arnold wurde an einen Profiler verwiesen, der ihm die bekannten Fakten erläutern sollte, doch dazu kam es nicht mehr. Genau in diesem Augenblick wurden diese Mordfälle wieder höchst brisant.
Die Zeit drängte, denn nun war bekannt geworden, dass ein ähnlich gelagerter Fall,

diesmal aus der Eifel wohl auch dem gleichen Täter zuzuschreiben war, da hier auch exakt das gleiche Schlangengift dazu benutzt worden war, zwei Menschen zu töten. Der Staatsanwalt war hocherfreut darüber, dass man anscheinend einen wichtigen Anhaltspunkt hatte, der, so klang es am Telefon, durch einen Glücksfund, die Lösung der Morde gebracht hatte. So entschloss sich HK O`Connors mit ein paar Kollegen selbst in die Eifel zu fahren. „Dienstfahrt nach Blankenheim! Die Kollegen Frank Säger und Eddy Kröger begleiten mich und sagen Sie auch dem Neuen Bescheid. Sein erster Außeneinsatz. Er soll ja was lernen!" Kröger fragte nach: „Den Arnold meinen Sie, Chef?" Der Leiter nickte. „Genau der, denn er war gerade dabei, die Akten vom Bahnhofsmord zu studieren. Da kann er direkt sehen, wie wir so etwas handhaben." Die vier Beamten fuhren mit dem Lift in die Tiefgarage, stiegen in den BMW und fuhren los. Kevin Arnold hatte die Akte der „Viper" auf dem Schoß, als Säger darauf deutete und ihn ansprach: „ Na, schon reingeschaut?" fragte er und dienstbeflissen antwortete er: „Ich war gerade dabei, können Sie mich aufklären?" Der Oberkommissar saß mit dem Neuen auf der Rückbank, nahm aus dem offenen Umschlag ein paar Blätter und die Abzüge des allerersten Falls, die die Bundesbahn herausgesucht und von der Kripo beschlagnahmt worden waren. Dann legte los: „Die Überwachungskameras hatten keinen eindeutigen Hinweis auf etwas Verdächtiges geben können.

Jan Gerlach, das spätere Opfer, hatte auf dem Bahnsteig zuletzt mit einer attraktiven Dame auf der Bank gesprochen", er kramte das entsprechende Bild hervor, betrachtete es kurz und hielt es dem Neuen hin: „zehn Bilder pro Minute sind zwar etwas wenig, aber immerhin haben wir wenigstens einen Anhaltspunkt.

So und hier fährt der Zug ein, Sehen Sie? Die Reisenden strömen durcheinander und verdecken auf den folgenden Bildern die Sicht auf den späteren Fundort. Erst als sich der Zug in Bewegung gesetzt hatte und sich der Bahnsteig leerte, sieht man ihn etwas verdreht regungslos auf der Bank sitzen. Das ist alles. Man konnte in dem Getümmel noch nicht einmal eindeutig sagen, ob die Dame überhaupt in den Schnellzug eingestiegen war. Sie trug eine dunkle Sonnenbrille und war als Zeugin eine wichtige Person, denn sie war die letzte, die mit ihm gesprochen hatte. Eine Fahndung nach ihr blieb erfolglos." Arnold hatte sich ein paar Notizen gemacht und fragte nach, als sein Kollege die Fotos zurück in den

Umschlag steckte. „Wie kam der Mörder an das Gift? Selbst wenn er ein Terrarium zuhause hat, so ist das nicht einfach, das Tier dazu zu bewegen, ihr Gift freiwillig und ohne Gefahr abzugeben. Im Bio-Unterricht hatten wir mal . . . .“ Er wurde vom Chef, der auf dem Beifahrersitz Platz genommen hatte, sanft unterbrochen. „Bitte, Arnold! Unsere Experten haben schon in Tierhandlungen nachgefragt. Wir wissen, wie man das Gift gewinnt. Spätestens nach den weiteren Morden sind wir in höchster Alarmbereitschaft. Es geht immer wieder um Schlangen, die äußerst selten vorkommen und es gibt nur ein paar von ihnen bei uns im hiesigen Zoo. Hinter Panzerglas! Und es wird kein einziges Tier vermisst. Die Spur verfolgen wir trotzdem weiter! Aber die Kollegen aus der Eifel sind sich sicher, dass es sich bei deren Doppelmord um einen erweiterten Suizid gehandelt hat und dass damit auch unsere Fälle geklärt wären! Schön wär`s ja, aber wie heißt das so schön?“ Die älteren Kollegen antworteten fast gleichzeitig: „Ich hab schon Pferde kotzen sehen, direkt vor der Apotheke, ja Chef . . . wir wissen! Fakten und Beweise!“

Arnold schaute seine Kollegen an, die gelangweilt die Augen verdrehten und dann aus dem Auto schauten. „Na also! Ihr wisst ja doch noch, was zu tun ist! Ich will, dass diese Fälle sauber und glasklar gelöst werden. Wir brauchen eindeutige Verbindungen untereinander, denn das sieht mir alles nach sehr durchdachten, präzisen Verbrechen aus, die einem Schema, einem bestimmten Ablauf folgen. Lasst euch nicht vorschnell durch die Dorfsheriffs verwirren!" Er drehte sich wieder um, nahm sein mobiles Diensttelefon und meldete ihren Besuch bei den Kollegen auf der Polizeiwache in Blankenheim an.

Vorher gönnten sie sich noch ein ausgiebiges Mittagsessen, denn so wie es denn Anschein hatte, sollte doch mit diesem Besuch bei den Kollegen auf dem Land auch ihr Fall gelöst sein. Doch, sie hatten die eindringlichen Worte ihres Chefs immer noch im Ohr, als sie die Wache in Blankenheim betraten. Hier war nichts von der geschäftigen Hektik zu spüren, die sie aus der Großstadt gewohnt waren. Es dauerte ein paar Minuten, bis sich ein Beamter um sie bemühte, seinen Kaffee hinstellte, aufstand und auf sie zukam: „Seid ihr die Kölner?" Der angesprochene Hauptkommissar O`Connors lächelte und erwiderte schlagfertig: „Genau! Und ihr seid die Experten, die unseren Fall so schnell gelöst haben?" Man konnte förmlich das angespannte Knistern

merken, dass da zwischen den Männern lag.
Die Eifler waren ganz und gar nicht davon
erbaut, dass sich die Kölner Kripo persönlich
zu ihnen bemüht hatte. Im Vorfeld war
zwischen den drei Polizisten eine wilde
Diskussion darüber entstanden, dass sie sich
gedemütigt fühlten, nicht für genommen
ansehen mussten. Der Fall war von ihnen gut
recherchiert und an die örtliche Kripo, die in
der oberen Etage des Dienstgebäudes ihre
Büros hatten, weitergegeben worden. Der Fall
war klar! Dankbar hätten die Kollegen aus der
Großstadt sein müssen! Aber was war die
Realität? Sie wollten sich persönlich davon
überzeugen! Mit einem Aufgebot von vier
Männern wollten sie Akten einsehen und
schlau reden!
Hatten die in Köln nichts Besseres zu tun?
O`Connors merkte die Abneigung gegen sie
sofort, denn die anderen beiden Beamten taten
sehr geschäftig und ignorierten sie komplett.
Das würde ein hartes Stück Arbeit werden. Er
nahm sein Notizbuch aus der Seitentasche und
blätterte darin, bis er die richtige Seite
gefunden hatte: „Oberkommissar Beckers . . . .
wo finden wir den?" Er wollte sich mit den
Beamten nicht weiter abgeben und direkt mit
den Kollegen der Kripo sprechen, vielleicht
wären die einsichtiger. Das schien auch dem

111

Polizisten entgegen zu kommen, denn er lächelte, drehte sich wieder um und ging zu seinem Schreibtisch zurück. „Treppe hoch, zweite Tür links!" war dann noch alles, was er zu sagen hatte, bevor er demonstrativ sein Butterbrot auspackte, einen Schluck Kaffee trank und sich über die Tageszeitung beugte. Die beiden anderen Beamten konnten ein offenes Schmunzeln nicht verkneifen, als ihr Leiter nochmal hochschaute: „Einen Aufzug haben wir nicht!" O`Connors nickte seinen Männern zu und sie verließen wortlos die Amtsstube und gingen, wie ihnen der unfreundliche Kollege gesagt hatte, im Treppenhaus eine Etage höher.

Als sie mehrfach an der zweiten Tür geklopft hatten und niemand antwortete, ging O`Connors, gefolgt von seinen Leuten in das geräumige Büro. Der Schreibtisch war leer und zu beiden Seiten standen die Türen zu den anderen Zimmern weit offen: „Hallo?" rief er in den Raum, denn er wollte den Unmut der Kripobeamten nicht auch noch weiter schüren. „Komme!" rief eine Stimme aus dem Nebenzimmer und kurz darauf erschien ein lässig gekleideter Mann mittleren Alters. Bevor er sich vorstellen konnte, löste sich Kröger aus der Gruppe und ging auf ihn zu: „Edgar? Mensch Edgar! Das wusste ich ja gar

nicht, dass du hier bei der Kripo arbeitest!"
Der Angesprochene lachte über das ganze
Gesicht. Er schien ebenfalls erfreut, den
Kölner zu sehen. Es stellte sich heraus, dass
die beiden auf der Polizeischule in einer Stube
gewesen waren und zusammen ihre Prüfung
abgelegt hatten. Sie waren gut befreundet
gewesen und hatten sich aus den Augen
verloren. Da dieser Edgar Höfler als
Oberkommissar die Dienststelle der Kripo hier
in Blankenheim leitete, war er eher stolz
darauf, mit den Kollegen aus Köln zusammen
die Fakten noch einmal durchzugehen. Er
entschuldigte das Verhalten seiner Kollegen in
den unteren Räumen mit der Eigenart, die den
eingesessenen Eiflern nachgesagt wurde. Er
war sehr hilfsbereit und ging gemeinsam mit
den Kollegen die Akten des abgeschlossenen
Falles noch einmal durch.
Es schien tatsächlich so zu sein, dass sich das
ältere Ehepaar selber gerichtet hatte, nachdem
sie mit dem gleichen Gift die vorherigen
Morde verübt hatten. Dem widersprach
jedoch, dass sie sich nicht in der Nähe des
späteren Opfers auf dem Bahnsteig befunden
hatten und keinerlei Bezug zu ihm gehabt
hatte. Zudem fand Kröger in den Unterlagen
ein Rezept des Mannes, der an diesem
fraglichen Tag in einer Apotheke hier am Ort

seine Medikamente abgeholt hatte. Die Verkäuferin konnte sich noch gut daran erinnern, denn sie musste die Arznei extra aus Blankenheim besorgen. Sie bestätigte sofort, dass das Ehepaar an diesem besagten Tag beide anwesend waren, als das Medikament am späten Nachmittag zu ihnen nach Hause geliefert wurde. Zumindest bei dem ersten Fall konnte man das Ehepaar eindeutig ausschließen. Jetzt sahen sich die Beamten ratlos an, denn sie konnten hier jetzt womöglich von einem raffinierten, weiteren Doppelmord ausgehen, der irgendwie einen Bezug in das kleine Eifeldorf haben musste. Um die neue Theorie völlig ausschließen zu können, mussten sie die weiteren Todesfälle neu bewerten und nach Verbindungen und Hinweisen untersuchen, die sie im günstigsten Fall hierher in die Eifel führen würden.

Der Oberkommissar Höfler sah das genauso. Man hatte den Fall wohl zu optimistisch betrachtet, da die Giftspritze am Tatort gefunden worden war. Sie standen wieder am Anfang ihrer Ermittlungen, vielleicht wäre es ratsam, den neuen, unbelasteten Kollegen mit der Aufarbeitung der Fälle zu beauftragen. Neue Besen kehren gut! Seine spontane, unkonventionelle Art könnte in den Fällen nur von Vorteil sein.

Bevor sie wieder zurück nach Köln fuhren, bat sie Höfler noch:

„Sagt denen da unten noch nichts von den neuen Erkenntnissen. Das müssen wir behutsam machen, denn der Bürgermeister hat sich schon sehr weit aus dem Fenster gelehnt und die Beamten für ihre hervorragende Arbeit ausgezeichnet."

Als sie zurück in Köln waren, hatten sie sofort einen Termin beim Oberstaatsanwalt. Im Beisein den Polizeipräsidenten war eine Krisensitzung einberufen worden, denn das anfängliche Glücksgefühl, die Fälle endlich als erledigt betrachten zu können, hatten sich angesichts der Ereignisse aufgelöst und zerschlagen. Es war bei den bisherigen Giftmorden kein Zusammenhang, keine Verbindung zu dem spanischen Ehepaar zu erkennen.

Zu den Tatzeiten hatten sie in den meisten Fällen ein stichfestes Alibi, da sie immer gemeinsam etwas unternahmen und nie weiter nördlich, als nach Bad Münstereifel oder Bad Neuenahr gereist waren.

Man hatte Arnold damit beauftragt, die Lebensumstände und Gewohnheiten der Ermordeten akribisch zu dokumentieren. Jedes noch so kleine Detail, jede Aussage und alle Hinweise wurden nun zusammengetragen.

Irgendwo in diesen Aufzeichnungen mussten sich Zusammenhänge ergeben. Man ging, nachdem man das Gutachten eines Sachverständigen, sowie des Profiler ausgewertet hatte, davon aus, dass es kein Amokläufer sein konnte. Er musste körperlich fit, im Alter von 30-45 Jahren sein und gute Kenntnisse über den Gebrauch sowie Umgang mit Spritzen haben. O`Connors hatte große Hoffnung auf die Schlangengifte gesetzt und eine herbe Niederlage einstecken müssen. Alle Versuche, die Herkunft des außergewöhnlichen Serums heraus zu bekommen waren bis zu diesem Zeitpunkt ohne Erfolg geblieben, obwohl man mittlerweile wusste, wo solche Tiere lebten und wo sie gehalten wurden. Da verschiedene Gifte benutzt worden waren, hatte man den Kreis stark einengen können, denn alle verwandten Substanzen kamen zusammen nur im städtischen Zoo vor.

Diese Erkenntnis wurde als wichtigste Spur gesehen und entsprechend überwacht.

„Was ist das?" Die Bauarbeiter wichen entsetzt zurück, als sie dem ausgestreckten Finger des Maurers folgten und in die tief ausgehobene Grube mit der frisch gegossenen Betondecke schauten. Neben braun angerosteten Moniereisen ragte auch der halbe Unterarm eines Menschen schneeweiß aus der fest abgebundenen, hellgrauen Fläche. Zuerst hatte man noch an einen makabren Scherz mit einer Schaufensterpuppe gedacht, denn die zweite Baugruppe war für jeden erdenklichen Schabernack zu haben. Die Polizei fand jedoch sofort heraus, dass es sich nicht um einen Kunststoffarm handelte. Die Baustelle wurde weiträumig abgesperrt und die Arbeiter einzeln befragt. Sie kamen jedoch zu keinem schlüssigen Ergebnis. Mühsam musste mit einem Presslufthammer der einbetonierte Körper freigelegt werden. Der Arzt hatte eine erste Hautprobe von dem herausstehenden Arm genommen und war damit in die Pathologie gefahren, denn man wollte so schnell, wie möglich klären, wer der Tote war. Es gab nicht den geringsten Anhaltspunkt, warum der bekannte Bauunternehmer auf so grausame Weise ums Leben gekommen war. Man fand in seinem Umfeld keinen, der schlecht über ihn sprechen konnte. Die Polizei tappte im Dunkeln und kam nicht im Traum darauf, dass die Unbekannte mit List und Hingabe dabei war, systematisch und nach noch nicht bekannten Regeln mehrere Menschen mit dem Tod zu bestrafen. Die Kripobeamten, die immer noch die ungeklärten Vergiftungsfälle bearbeiteten, wurden nur am Rande einer Besprechung von dem Unfall auf der Baustelle informiert. Die Kollegen stuften tatsächlich den vorsätzlichen Mord an dem Geschäftsmann als einen tragischen Unfall ein.

Ein Fluch schien über der Großbaustelle zu liegen, denn sie war gerade einmal eine Woche freigegeben, da ereignete sich der zweite, tödliche Unfall.

Bei den Arbeiten an einem noch unfertigen Haus hatte man nach der Mittagspause eine halbe Stunde lang vergeblich nach dem Dachdecker - Meister gesucht. Endlich hatten sie ihn nahe dem Kellereingang gefunden. Zwischen den Sträuchern lag, völlig verdreht der Körper des Mannes, der allem Anschein nach vom Dach des achtstöckigen Hochhauses gefallen war.

Eine vorgeschriebene Sicherungsleine hatte der Verunglückte hier oben im Gebälk nicht angelegt, denn er war nur da, um die abgeschlossenen Arbeiten seiner Männer zu begutachten, als ihm dieses Missgeschick passierte. Er war wohl ganz alleine auf dem hohen Dach gewesen. Die gerufene Polizei nahm den tragischen Unfall routiniert auf und sorgte für den Abtransport des Verunglückten in die Pathologie. Erst hier stellten die Ärzte fest, dass der Mann gefährliche Substanzen im Magen hatte, die er mit einer Flasche Bier kurze Zeit vor seinem Sturz zu sich genommen haben musste - mit verheerender Wirkung auf sein Gleichgewicht. Es gab keinen Anlass zum Zweifel daran, dass er die aufputschenden Tabletten mit dem Alkohol zusammen selber eingenommen hatte. Unverständlich für einen so erfahrenen Mann, sich in dieser Höhe einer solchen Gefahr auszusetzen. Es gab keine Zeugen, die diesen Unfall gesehen oder gehört hatten, denn das alles war in der Mittagspause geschehen.

Die Frau, die über das Dach zum Nachbarhaus geklettert war, hatte keiner bemerkt. Danuta klopfte sich den Staub von ihrem Mantel und massierte ihren rechten Arm, denn bei der Gegenwehr des Mannes, hatte er noch krampfhaft versucht, einen Halt zu finden, als sie ihn mit einem wuchtigen Stoß vom Leben zum Tod beförderte. Sie ging zu ihrem Wagen, den sie ein paar Straßen weiter geparkt hatte, nahm ihre Liste aus dem Handschuhfach und hakte den Namen des Mannes ab.

Ein normaler Tag auf dem Revier

„Es ist zum Verzweifeln! Nimmt das denn überhaupt kein Ende mehr?" Es war früh am Morgen und Hauptkommissar O`Connors kam gerade aus einer Besprechung mit dem Amtsleiter, der ihn vor seinem Büro abgefangen und gewaltig unter Druck gesetzt hatte. „Ergebnisse! Er will Ergebnisse sehen! Mein Gott, als wenn wir hier nur Däumchen drehen würden! Erst schickt er uns euphorisch in die Pampa, da angeblich der Fall durch die Kollegen in der Eifel gelöst wurde . . . und jetzt macht der die Riesenwelle! Glaubt der denn ernsthaft, wir wollten nicht auch endlich die mysteriösen Morde aufklären?" Er hatte einen hochroten Kopf und schaute seine Kollegen an, die im Büro auf ihn gewartet hatten und nun noch zusammenstanden und sich unterhielten. Er ging zu seiner Schreibtischschublade und nahm ein kleines Blechdöschen heraus, dessen Deckel er zitternd öffnete. Es würde den ganzen Vormittag dauern, bis er sich wieder ein wenig beruhigt hatte, die Männer kannten das Spiel schon. Am Wasserspender füllte er einen Pappbecher mit Trinkwasser und schluckte zwei entnommene Pillen. Dann setzte er sich auf den Bürostuhl, schloss die Augen und wandte sich an seinen Gegenüber. Mit flüsternder Stimme forderte er eine sofortige Besprechung mit allen Kollegen seiner Abteilung: „Sag ihnen, dass in einer viertel Stunde nebenan Besprechung ist." Er lehnte sich zurück und massiertet mit beiden Händen seine Schläfen: „Diese Kopfschmerzen machen mich wahnsinnig!"

Säger sprang auf und ging in die Büros der Kollegen, um die Anordnung weiterzugeben: „Es ist wieder soweit! Das kleine Doktorchen spielt seine Macht aus! Zimmer 10, sofort!" Kevin Arnold kam gerade von einer routinemäßigen Überprüfung aus der Tiefgarage in den Flur und hörte die Anweisung von Oberkommissar Säger. „Der kleine Doktor? Wer ist das?" Frank legte seinen Zeigefinger auf die Lippen: „Pst! Bist du verrückt? Das darf der Alte nicht wissen, dass wir ihn so nennen! Wie würdest du ihn denn nennen? Dr. Klein? Klingt einfach doof! Komm direkt mit! John wurde von ihm zusammengefaltet und muss nun den Druck an uns weitergeben." Nach ein paar Minuten saß die Abteilung geschlossen in dem großen Büro und wartete auf den Chef. Säger hatte eine Pin-Wand aufgestellt, auf der alle zusammengetragenen Fakten fein säuberlich aufgereiht waren.

O`Connors kam herein, er war es gewohnt keine lange Rede zu halten und erklärte sofort: „Ihr wisst, warum wir hier sind?" Er schaute in die Runde und die Beamten nickten zustimmend. „Uns bleibt nicht mehr viel Zeit! Zum ersten Mal hat er gedroht," mit dem Daumen zeigte er über seinen Rücken auf den Flur und jeder wusste, wer gemeint war, „mich wieder auf die Straße zu schicken!" Jetzt konnte er sich ein Schmunzeln nicht verkneifen, denn alle wussten, dass das nicht so einfach gemacht werden konnte. „Also, zur Sache! Was haben wir bis jetzt?" Säger stand auf und nahm den Laserpointer. Er wollte gerade auf seiner Wand die einzelnen Blätter und Fotos mit dem roten Punkt markieren, als ihm O`Connors einen dünnen Zeigestock in die Hand gab: „Ich mag diesen neuzeitlichen Kram nicht! Weg damit!" Oberkommissar Säger nahm den Stock in die linke Hand und zeigte damit auf die jeweiligen Fotos, während er mit der rechten die entsprechenden Texte und Ergebnisse dazu vorlas. Dann machte er eine kurze Pause und schaute den Chef an: „Kollege Arnold meint, dass manche Spuren, die wir an den Tatorten sicherstellten, nichts damit zu tun haben können, er hat . . . " Mit einer Handbewegung brachte er den Kollegen zum Schweigen: „Kann er mir das nicht selber

erklären? Ist er da, Arnold? Wo stecken Sie?"
Der junge Anwärter stand auf und ging nach
vorne. „Chef, ich habe noch einmal mit den
Kollegen der Spurensicherung gesprochen, die
die Papiertaschentücher und Kippen ein
zweites Mal untersucht haben. Man hat dabei
festgestellt, dass es sich um unglaublich viele,
unterschiedliche DNA Spuren handelt. Es
kommt kein einziges Mal doppelt vor. Also
sind die Kollegen davon ausgegangen, dass
wir unsere Suche nicht unbedingt daran
festmachen sollten, sie gehen eher davon aus,
dass die Sachen entweder zufällig da
aufgefunden wurden, oder sie sind absichtlich
hinterlassen worden, um uns zu verunsichern.
Sie haben nachgewiesen, Dass es menschliche
Spuren von Kindern, Frauen und Männern
sind." O`Connors hatte aufmerksam zugehört
und sich Notizen gemacht: „Danke, nehmen
Sie wieder Platz. Sonst noch irgendetwas
Neues?" Allgemeines Kopfschütteln war die
Antwort und es war purer Zufall, dass sie die
Unfälle auf der Großbaustelle in Klettenberg,
am südlichen Stadtrand von Köln nicht auch
noch dazubekamen. Der Oberstaatsanwalt
hätte ein Höllenfeuer entfacht.

Ihre Suche nach Erklärung

Auch die liebevolle, fürsorgliche Art, mit der ihr Vater versucht hatte, ihre frühen Erlebnisse vergessen zu machen, hatten nicht verhindern können, dass ihre kleine Seele vernarbt blieb.

Früh hatte sie die Mutter und das kleine Brüderchen; der Vater die geliebte Frau und den Sohn durch einen Unfall verloren. Umso mehr kümmerte er sich nun fürsorglich um die Neunjährige und vernachlässigte dabei seine Arbeit im Büro. Sein Chef hatte kein Mitleid mit ihnen und bald darauf konnte er die monatlichen Raten für das kleine Reihenhaus nicht mehr aufbringen. Die Bank kündigte den Kredit und so kam es, dass die kleine Familie in dem Campingwagen landete. Ihr Vater verwahrloste, schickte sie nicht mehr zur Schule und bald hatte sie das Fürsorgeamt gefunden und sie wurde in ein Heim gesteckt. Soweit sie sich damals erinnern konnte, hatte ihr Vater aus Verzweiflung ein weiteres Mal versucht, bittend bei der Bank die drohende Zwangsversteigerung abzuwenden, Als dieser letzte Versuch scheiterte, lauerte er dem Filialleiter auf und schnitt ihm auf offener Straße die Kehle durch. Schnell war die Polizei informiert und er lief die Böschung zur Schnellstraße hoch. Der Verhaftung wollte er sich mit einem Sprung von der Brücke entziehen, wurde aber auf dem Geländer stehend, von der Polizei erschossen.

Das waren nun nicht gerade die besten Voraussetzungen für das kleine Mädchen, sie erfuhr das alles erst sehr viel später und verlor nun auch ihrerseits jedes Vertrauen zu fremden Personen. Bald darauf wurde sie adoptiert, beendete die Schule und begann eine Lehre bei einem Rechtsanwalt. Als sie achtzehn Jahre geworden war, verließ sie die verhassten Adoptiveltern und zog in die Stadt. Sie war sehr verschlossen, aber ihr Ehrgeiz wurde bewundert und sie baute sich ihre eigene, wenn auch einsame Welt auf.

Im Nachlass ihres Vaters fand sie eines Abends den Schlüssel zu dem Campingwagen, der immer noch im Garten eines Freundes stand. Halb verwittert und völlig von Unkraut überwuchert musste sie sich zu der verdreckten Plastik-Tür durchkämpfen und war ziemlich erstaunt, dass sie sich mit etwas Mühe tatsächlich noch aufschließen ließ. Die hinteren Plastikscheiben waren zersprungen und unzählige Viecher hatten nun hier ihr eigenes Reich gefunden. Es stank erbärmlich. Sie zog die mitgebrachten Arbeitshandschuhe an, denn sie hatte mit Dreck gerechnet.

Unter der feuchten, verschimmelten Matratze fand sie noch die angerostete Blechdose, in der Vater immer das Münzgeld von den eingesammelten Pfandflaschen aufbewahrt hatte. Mittlerweile hatte sich die Währung von DM in € geändert. So hatten sich in den vergangenen zwanzig Jahren die Groschen zu einem Rostklumpen zusammengepappt und die Zeitungsfetzen und Briefe waren von dunklen Flecken übersäht. Sie nahm die Dose an sich, verschloss das ehemalige Heim wieder und legte dem älteren Freund, wie vereinbart, den Schüssel wieder zurück unter seine Fußmatte. Dann ging sie zum Wagen und fuhr mit ihren spärlichen Erinnerungen in ihre kleine, gemütliche Zwei-Zimmerwohnung.

Sie wählte die Nummer des Mannes und sagte ihm, dass sie nichts dagegen hätte, wenn er den Wohnwagen jetzt verschrotten würde. Die Rechnung könnte er gerne zu ihr schicken, was der alte Freund des Vaters verneinte und sich für die Freundlichkeit ausdrücklich bedankte. Sie war schon sehr erschrocken, als sie den kaum noch leserlichen Abschiedsbrief ihres Vaters fand. Er musste von langer Hand seinen Besuch in der Bank und seinen Suizidversuch geplant haben. In dem Schreiben erfuhr sie endlich, wie alles dazu gekommen war.

Sie war im Zweifel, ob der stellvertretende Leiter der Bankfiliale, den ihr Vater auf die Liste gesetzt hatte, wirklich von der Ungerechtigkeit gewusst hatte und wollte deshalb diesem Mann gegenübersitzen und ihn mit den Vermutungen konfrontieren, denn sie hatte mehrfach bei ihren Beobachtungen gesehen, wie er mit seiner Frau in der Öffentlichkeit umging. Sie konnte in diesem Mann keinen eiskalten, berechnenden Banker sehen, der über das Schicksal seiner Kunden so gnadenlos gerichtet haben sollte. Zugegebenermaßen hatte sie sich ein hohes Ziel gestellt. Wie sollte sie es anstellen, ihm eine Chance zu geben, ohne dass er merken würde, wer sie war und sie dann verraten könnte? Zeugen, das hatte sie gelernt, wollte sie für ihr Unterfangen keine haben, solange ihre innere Unruhe und ihr Verlangen nach Gerechtigkeit für ihre Familie nicht gestillt waren. Der Zufall spielte, wie so oft im Leben nun eine entscheidende Rolle. Sie hatte natürlich ein wenig daran gedreht, dass er an der Kasse im Supermarkt unmittelbar hinter ihr stand. Geschickt ließ sie ihren Autoschlüssel fallen und hatte damit Erfolg. Er bückte sich gleichzeitig mit ihr und vermied dabei nicht, dass seine Hand scheinbar unbewusst ihren Oberkörper streifte.

Scheinbar verlegen richtete er sich wieder auf und schaute in ihre Augen. Einem Flirt schien er nicht abgeneigt, das bemerkte sie sofort und fasste natürlich die Gelegenheit beim Schopf: „Oh, vielen Dank! Sie sind ein wahrer Gentleman. Mein Wohnungsschlüssel! Ich wäre ohne den Schlüsselbund völlig hilflos gewesen." Er grinste siegessicher und so fragte sie ihn unverblümt und direkt: „Darf ich Sie im Café auf der anderen Straßenseite zu einer unverbindlichen Tasse Kaffee einladen?"

Jetzt wurde er dreist: „Warum unverbindlich? Sind Sie verheiratet? Ich bin jedenfalls nicht gebunden!" Das Spiel mit dem Feuer begann. Sie wollt ihm eine Chance geben, ihn testen. „Ich werde ihn einwickeln und ausfragen!" dachte sie. Er scheint doch nicht der gutmütige Ehemann zu sein, der sich treu um die Ehefrau kümmert, die Falle war aufgestellt.

Nach einer viertel Stunde hatte sie ihren Einkauf verstaut und sich mit ihm im Café gegenüber getroffen. Nachdem sie sich ein wenig unterhalten und einen Cappuccino getrunken hatten, begleitete sie der Mann zurück zum Wagen. Er war nicht nur zu einer Affäre bereit, sie hatte auch Details seiner Einstellung erfahren, die sein Schicksal in diesem Augenblick besiegelt hatte.

Sie lächelte ihm freundlich zu, als er neben ihr saß und sie wenig später von der Straße abbog. „Ich wohne etwas außerhalb", entschuldigte sie sich, „das ist eine Abkürzung!" Sie fuhr auf dem Waldweg langsamer und verwickelte ihn in ein belangloses Gespräch. Er schien sich tatsächlich arglos auf ein Abenteuer zu freuen, denn er legte seine Hand vertraut auf ihren Schenkel. Innerlich schauderte sie, aber nun wollte sie ihren Plan auch verwirklichen.

Auf dem offenen Feld wurde die Abendsonne von Wolken verdeckt. Nebelschwaden, vom Wind getrieben, wehten über den Acker und erinnerten an eine gespenstische Moorlandschaft.
Ihr Geländewagen schaukelte langsam über den holprigen Feldweg am Rand des kleinen Wäldchens wieder zurück zur Straße und bald waren nur noch schwach die pastellfarbenen Rücklichter, wie zwei Wattebäusche zu sehen, die endlich vom Nebeldunst gänzlich verschluckt wurden.
Die morgendlichen, mit Tau benetzten Gräser schaukelten leicht im Wind und versuchten, die Tropfen von sich zu schütteln.
Nur ein leises Stöhnen durchdrang die Stille.
Der Mann lag auf dem Boden und versuchte verzweifelt, Luft zu bekommen.

Die abgebrochene Injektionsnadel steckte immer noch in seinem Hals aber der heftige, kurze Kampf hatte verhindert, dass der ganze Inhalt von ihr herausgedrückt werden konnte. Entsprechend langsam vollzog sich nun die Lähmung seiner Muskeln. Zweimal schon hatte er versucht, sich aufzurichten, er schaffte es nicht mehr. In dem frisch gepflügten Acker krallte er sich krampfhaft in den weichen Boden, unfähig zu verstehen, was da vor einer gefühlten Ewigkeit mit ihm passiert war. Mit beiden Händen zog er sich nach vorn, bekam ein Grasbüschel zu fassen und wollte sich aufzurichten. Vergebens! Seine Kraft schwand und als ob das noch nicht genug Qualen für ihn waren, fiel er nun auch noch kraftlos mit seinem Gesicht in eine der zahlreichen Pfützen.

Beim hoffnungslosen Versuch einzuatmen, sich abzustützen, fiel er kraftlos wieder in das abgestandene Regenwasser. Jetzt füllte sich seine Nase mit abgestandenem Lehmwasser. Er war zu schwach, die Flüssigkeit abzuhusten und erstickte, ja er ertrank auf dem offenen Feld.

Bisher war immer alles ganz leicht gewesen. Schnell hatte sie sich ihrem Opfer genähert und ansatzlos die Kanüle durch seine Kleidung in den Körper gestoßen. Diesmal schien das Glück sie verlassen zu haben, denn sie sah den dicken, festen Schal und versuchte erst gar nicht dort hineinzustechen.

Unter einem Vorwand hatte sie den Wagen gestoppt und war ausgestiegen, um zu seiner Seite zu gehen. Dabei schaute sie ablenkend auf das rechte Vorderrad, die todbringende Spritze verbarg sie in der rechten Hand. Mit der linken klopfte sie auf seine Seitenscheibe und zeigte auf das Rad. Er öffnete die Tür und für einen kurzen Moment wurde durch seine Drehbewegung eine freie Stelle am Hals sichtbar. Darauf hatte sie gewartet, reagierte schnell und stach zu. Seine Abwehrreaktion kam, als sie gerade versuchte, den Kolben der Spritze ganz herunter zu drücken.

Durch seine ruckartige Bewegung brach die Nadel ab und der Glaskörper mit einem Teil des tödlichen Giftes tropfte herunter. Sie ließ das filigrane Gerät fallen und schlug mit der Faust in sein Gesicht.

Er stieß sie zur Seite und wankte aus dem Wagen, ohne sich ernsthaft zu wehren. Taumelnd lief er vom Weg in den frisch gepflügten Acker.

„Weg hier! Bloß weg!" dachte sie, schlug die Tür zu, rannte um den Wagen herum und sprang zurück auf ihren Fahrersitz. Dann wendete sie den Geländewagen und fuhr in entgegengesetzter Richtung, ohne sich noch einmal zu ihm umzusehen, in den aufziehenden Morgen. „Das darf er nicht überleben! Das muss gelangt haben!" hoffte sie inständig und fuhr zurück in die Stadt.

Als sie mit grauer Perücke und Sonnenbrille den Leihwagen einen Tag später zurückgab, hatte sie im Fußraum des Autos winzige Splitter mit der restlichen Flüssigkeit übersehen. Sie zahlte in bar, bekam den hinterlegten, gestohlenen Ausweis der ermordeten Spanierin zurück, bedankte sich und ging extra langsam, gebeugt aus dem Laden.

Der alte Mann würde sich, wenn überhaupt, nur vage an sie erinnern können. Dann kreuzte sie die Straße und kaufte sich einen Becher Kaffee, bevor sie sich unter die Fußgänger mischte, die wie Ameisen scheinbar ziellos durch die Einkaufsstraße strömten.

Die Fremde hatte wieder einmal ganze Arbeit geleistet. Bei ihrem ersten Mord, damals auf dem Kölner Hauptbahnhof hatte sie schnell und ohne zu zögern ihre Chance genutzt und dem überraschten Mann eine Nadel durch seinen Seidenschal bis zum Anschlag in den Hals gestoßen, den Inhalt hineingedrückt und die Spritze wieder an sich genommen. Das alles war so schnell gegangen, dass niemand auch nur im Entferntesten damit gerechnet hatte, am wenigsten dieser Gerlach selbst. Sie war danach seelenruhig aufgestanden, hatte ihren Trolly genommen und sich unter die ausgestiegenen Fahrgäste gemischt. Sie wollte gar nicht, wie ursprünglich von ihr gesagt, in den ICE einsteigen. Stattdessen ging sie zielstrebig wieder zur Treppe, die sie durch die unterirdischen Geschäftspassagen führte. Nun stand sie draußen vor dem Bahnhofsgebäude und schaute sich um. Nach den Ereignissen dieser unheilvollen Sylvester Nacht, die in allen Details durch die Presse gegangen waren, hatte die Stadt gewaltig aufgerüstet und sie sah die Kameras, die den gesamten Vorplatz abdeckten. Geschickt drehte sie sich wieder um, denn sie konnte auch vom ersten Bahnsteig oberhalb direkt auf die Domplatte kommen. Sie hielt einen Taschenspiegel vors Gesicht, tupfte zur Tarnung mit einem

Puderschwämmchen unter ihren Augen und beobachtete hinter ihrem Rücken, ob ihr einer gefolgt war. Da ihr nichts Besonderes auffiel, schlenderte sie am Dom vorbei und war bald links, in der Schildergasse zwischen den Menschen untergetaucht. Das ahnungslose Opfer hatte nicht die geringste Chance, nachdem sie ihn zwei Tage beobachtet und verfolgt hatte, waren ihre Aufzeichnungen sehr präzise. Sie hatte auf den richtigen Augenblick gewartet, denn sie hatte Zeit . . . . viel Zeit. Wenn sie einmal den Entschluss gefasst hatte, zuzuschlagen war das ein finaler Akt. Sie machte ihre Zielperson ausfindig, studierte die täglichen Gewohnheiten und schlug im richtigen Moment zu, genauso hätte es auch das Tier gemacht, dessen Gift sie für ihre Arbeit besorgt hatte. Das tödliche Gift einer Schlange. Jetzt, zum Schluss ihrer Reise, saß Danuta vor einem kleinen Café in dem Eifeldörfchen Wershofen, unterhalb des Ambergs. Sie blätterte in der Tageszeitung, nahm einen kleinen Keks und genoss den belebenden Schluck ihres Cappuccinos. Ihr mobiles Telefon lag offen neben der Tasse, als der ältere Mann auf sie zukam. Er blieb direkt vor ihr stehen. Offensichtlich wollte er etwas. Er hob seinen Hut kurz an und fragte: „Entschuldigen Sie, es klingt jetzt etwas unbeholfen und Sie hören solche Sprüche bestimmt oft, aber ich glaube, ich kenne ihren Vater!" Danuta Sola zeigte sich überrascht: „Ach was, setzten Sie sich! Sie müssen mir unbedingt erzählen, woher Sie ihn kennen und wer Sie sind!" Sie legte die Zeitschrift beiseite und hob eine Hand. Während der elegante Herr ihr gegenüber Platz nahm, fragte sie ihn: „Kaffee oder Tee? Ich lade Sie ein!" Er fühlte sich geschmeichelt und erwiderte, als der Kellner am Tisch stand: „Kaffee bitte, wenn Sie haben, koffeinfrei." Der Ober notierte es auf einem kleinen Notizblock und entgegnete: „Ein Kännchen! Wir servieren hier keine Tasse!" Der Mann nickte bestätigend, während Danuta kurz auf das mobile Telefon geschaut hatte, ein paar Tasten betätigte und es danach zurück auf den Tisch legte. „Woher kennen Sie meinen Vater?" Sie schaute ihn dabei erwartungsvoll und skeptisch an, während unbemerkt die Stimmaufzeichnung ihres Telefons jedes Wort speicherte. „Entschuldigen Sie, Müller-Brandig, mein Name, ich kannte ihn vom Schalter. Er hatte ein Konto bei uns. Sie waren noch ein kleines Kind und ihr habt in der Ringstraße gewohnt. Damals lebte ihr Vater noch, Dumme Sache, damals . . ." Sie überging das vertrauliche „du" des Alten und wollte gerade darauf antworten,

135

als der Ober das Kännchen Kaffee und eine frisches Gedeck brachte. Die Zuckerdose stand auf dem Tisch. Als er wieder gegangen war, lächelte Danuta etwas gequält und musterte den Mann eindringlich, während sie log: „Tut mir leid, aber Sie müssen mich verwechseln. Ich komme nicht von hier!"

Das musste ihr passieren! Ausgerechnet jetzt, wo ihre Arbeit so gut wie erledigt war, wurde sie von der Vergangenheit eingeholt. So hatte sie sich ihren Abgang von der Bühne des Lebens nicht vorgestellt, so nicht! Doch der Alte gab nicht auf, ließ nicht locker. Er zuckte nur kurz zusammen: „Aber ich bin mir sicher! Sie sind doch die Tochter von Liselotte, Liselotte und Heinrich Berg." Jetzt schien die Situation für sie heikel zu werden. Sie nahm einen Schluck und schüttelte den Kopf: „Nein, wirklich nicht! Es sei denn, Sie kommen ursprünglich auch aus Katalonien oder wohnen in der Nähe von Krekel, westlich von hier. Mein Name ist Sola, Danuta Sola." Sie nannte ihm diesen verhassten Namen, denn sie musste die Verwirrung des Alten ausnutzen, ihn in die Irre führen und ergänzte: „Wir kommen aus Spanien, Barcelona! Wie kommen Sie denn darauf, dass dieser . . . wie sagten Sie, hieß der Mann?" Der Pensionär rieb seine Stirn und murmelte: „Berg, Heinrich." Nach kurzer

Pause hatte er sich gefangen: „Versteh ich nicht, wieso haben Sie auf dem Amt denn so seltsame Fragen gestellt und nachgefragt, auf welchem Friedhof er liegt, wenn Ihnen der Name nicht bekannt ist?" Sie tat verständnislos, bemerkte aber, dass sie diesmal zu unvorsichtig vorgegangen war. Sie wollte lediglich das Grab ihrer Eltern ausfindig machen, um sich für immer von ihnen zu verabschieden. Dabei muss der Alte zufällig neben ihr gestanden und jedes Wort mitgehört haben. Sie ging im Geist ihre abgearbeitete Liste durch. Stand er da vielleicht drauf und sie hatte ihn übersehen? Das konnte nicht sein. Da er aber etwas mitbekommen hatte, was nicht für seine Ohren bestimmt war, musste sie unbedingt handeln, bevor dieser Trottel sein Erlebnis mit anderen teilen konnte. Sie drehte sich nach dem Ober um: „Kann ich bitte zahlen?" Sie merkte am Blick des Pensionärs, dass er ihr nicht glaubte. Als der Kellner kam, fragte er: „Zusammen?" Danuta nickte, legte 10,--€ auf den Tisch, nahm ihr mobiles Telefon und stand auf: „Hat mich gefreut . . . Herr Müller-Brandig." Sie lächelte und ging auf die andere Straßenseite. Während sie die Aufzeichnung des Gespräches in ihrem Telefon stoppte, stand sie vor einem Geschäft und beobachtete in der Schaufensterscheibe gespiegelt, wie sich der Alte verhalten würde, denn er schien sich immer noch nicht damit abzufinden. „Komm mir nach! Mach schon!" zischte sie leise und drückte beide Daumen, als könnte sie die Schritte des Mannes damit beeinflussen. Sie starrte nervös ins Schaufenster, da stand er endlich auf, schaute ihr nach und kam zügig hinter ihr her. Anscheinend bildete er sich ein, das Rätsel um ihre Person doch noch lüften zu können. Sie war zufrieden, denn der Alte war schließlich zu weit gegangen und hatte seine Nase in Dinge gesteckt, die ihn nichts angingen. Oder wusste er mehr? Der pensionierte Bankbeamte war wohl auch schuld daran, dass ihre Familie das Haus verloren hatte. Ob er sich schämte? Oder wollte er nur sicher gehen, dass sie kleinen Groll gegen ihn hegte? Er musste Dreck am Stecken haben, denn sonst hätten ihn die Fragen und ihre Anwesenheit hier nicht so stark verunsichert. Sie wählte die kleine, einsame Gasse, die verschlungen zur Altstadt führte und verlangsamte ihren Schritt. Bald darauf bog der Mann um die Ecke und ging keuchend auf sie zu: „Eine Frage hab ich noch!" rief er ihr zu. Sie lächelte ihn an, machte jedoch keine Anstalten näher zu kommen. Darauf hatte sie gewartet. Sie drehte sich um, nahm die aufgezogene Spritze aus ihrer Handtasche, entfernte die kleine Schutzkappe und war bereit, ihn zum Schweigen zu bringen. Als er sie erreicht hatte griff er sich an den Brustkorb, denn er war etwas schnell gegangen. „Ist Ihnen nicht gut?" fragte sie scheinheilig, als sie neben ihm stand. Sie schaute sich nach allen Seiten um, Zeugen konnte sie jetzt nicht gebrauchen. Er lehnte sich mit dem Rücken an eine Hauswand und atmete tief durch: „Geht gleich wieder, einen Moment noch!" Die junge Frau griff nach seinem Arm, schob ihn zur Seite und drückte die dünne Spitze der Nadel durch seine Kleidung direkt in seine Herzgegend. Mit dem Daumen schob sie den Druckkolben bis an den Anschlag, zog die Nadel heraus und sicherte die Spitze mit der kleinen Verschlusskappe. Der Mann war darauf nicht gefasst und hatte ohne Anstalten einer Gegenwehr überrascht den Bewegungen der Frau zugeschaut. Erst jetzt merkte er den Druck, der auf seiner Lunge lastete. Ein Brennen kratzte in seiner Luftröhre und verschnürte sie. Mit weit geöffnetem Mund versuchte er vergebens, zu atmen, aber das Gift tat schon seine Wirkung. Die Lähmung breitete sich schnell im Körper des Alten aus. Sie drehte sich um und ging ohne Hast wieder auf die Straße zurück. Zu dieser Tageszeit war zu ihrem Glück immer noch kein einziger Mensch zu sehen. Sie drehte sich noch einmal zu dem unliebsamen Zeugen um und sah gerade noch, wie er in sich zusammensackte, bevor er mit einem dumpfen Schlag hart auf die Pflastersteine aufschlug. Sie musste von hier verschwinden. Hier in ihrem kleinen Heimatdorf war das Vorhaben, sich am Grab der leiblichen Eltern zu verabschieden gescheitert. Man würde mit Sicherheit bald herausgefunden haben, dass sie die letzte war, die mit dem Opfer eine Tasse Kaffee getrunken hatte. Man würde munkeln, dass sie sich kannten, denn schließlich hatte sie ihm den Kaffee ausgegeben. Hoffentlich würde man keine Verbindung zu ihrer Tat im Kölner Hauptbahnhof herstellen und statt dem seinen Bekanntenkreis auf den Kopf stellen. Nur wenn hier alles ruhig bleiben würde, könnte sie es noch einmal versuchen und in ein oder zwei Wochen, mit blonder Perücke noch einmal versuchen, den Friedhof aufzusuchen . . . . . sofern ihr Gesundheitszustand das noch zulassen würde.

Finale

Die Ergebnisse waren erdrückend und doch wollte man nicht glauben, dass die attraktive Frau alle diese Morde verübt hatte. Was waren die Beweggründe dafür gewesen? Man hatte zwar eine Querverbindung gefunden, aber die passte nicht zu der Frau, deren Identität immer noch nicht einwandfrei feststand.

Der schrille Ton des Telefons riss die Kripobeamten, die gerade in einer letzten Besprechung waren, aus dem Konzept. „Wieso habt ihr die Leitung nicht umgestellt?" fragte O`Connors in die Runde, „wir sollten doch hier nicht gestört werden!" Ungehalten hob der Hauptkommissar den Hörer: „O'Connors, Morddezernat 1 . . " eine gehetzte Stimme ertönte am anderen Ende der Leitung: „Endlich hab ich Sie erreicht, Chef! Hier ist Arnold. Ich hab die Frau in einer Penthouse Wohnung unten am Rhein ausfindig gemacht. Ich warte gegenüber. Die Adresse ist Hafen Straße 13". „Das ist gut! Das ist sehr gut. Unternehmen Sie nichts auf eigene Faust, wir sind in zehn Minuten bei Ihnen!" Er legte auf, zog sein Jackett aus und streifte, wie die anderen Kollegen auch, seine Schussweste über, alle verklebten die Klettbänder stramm an beiden Seiten und gingen nacheinander zum

Waffenschrank. Dann nahmen sie ihre Dienstpistolen und die gefüllten Magazine. Als sie komplett angezogen waren, rief O`Connors in die Runde: „Es geht los! Hafen Weg 13! Ohne Blaulicht und Martinshorn! Sie darf nicht gewarnt werden!" Die Gruppe lief in die Tiefgarage und mit drei Einsatzwagen fuhren sie zur angegebenen Adresse. Drei Beamte warteten vor dem Eingang, zwei begaben sich zum Hintereingang. O`Connors ging auf seinen jungen Kollegen zu, der sie eben hierhergerufen hatte, klopfte ihm anerkennend auf die Schulter und zeigte den erhobenen Daumen: „Arnold, Sie bleiben dicht hinter mir. Kröger, Hansen und Säger gehen vor." Der eingespielte Polizeiapparat rief diese, immer wieder einstudierte Situation konzentriert ab. Jeder wusste, was zu tun war und bald hatten sie die oberste Etage erreicht. Sie stellten sich seitlich neben die Wohnungstür, O`Connors hielt mit einer Hand den Türspion zu, während ein anderer Beamter die Klingel betätigte. Auch nach mehrfachem Läuten hörte man kein Geräusch, keine Reaktion. „Sind Sie absolut sicher, dass sie da drin ist?" Der angesprochene Kevin Arnold nickte heftig, sagte aber kein Wort. Der Leiter trat zur Seite und nickte zwei Beamten zu, die mit einer Eisenramme zur Tür kamen. Leise zählten sie bis drei, um dann mit viel Schwung gegen das Schloss zu stoßen. Die Tür zersplitterte und die Beamten verteilten sich in den Räumen: „Polizei! Leisten Sie keinen Widerstand!" Einzelne Beamte kamen aus den Räumen im Flur zurück: „Sauber!" riefen sie dabei dem Einsatzleiter zu, während sie sich in der großen Wohnung weiter umsahen. Eine Wendeltreppe war mittig im Raum und auf ein Zeichen liefen mehrere Männer mit ihren Waffen im Anschlag nach oben. Dann endlich kam das erlösende: „Hier oben Chef! Wir kommen zu spät!"

Auf dem gemachten Bett lag sie. Das Gesicht war angespannt und verzerrt. Die offenen Augen starrten zur Decke. Ein weißer Schaum trat aus den Mundwinkeln. Unter den, vor der Brust verschränkten Armen lag ein Abschiedsbrief und in der rechten Hand hielt sie eine leere Spritze. Nachdem der Fotograf mehrere Fotos von der Frau gemacht hatte, zog der Kripochef mit seinen gummierten Handschuhen das Schreiben vorsichtig aus den Händen der Frau und las den Inhalt laut vor:

„Habe ich Ihnen viel Arbeit gemacht? Glauben Sie mir, das war nicht meine Absicht! Ich musste so handeln, denn die Menschen, die unser Leben zerstört haben, hatten keine Berechtigung dazu, einfach so ungestört und ohne eine Bestrafung weiter zu leben. „Fahrerflucht nach einem tödlichen Unfall", das hört sich so nüchtern an. Es war der Anfang vom Ende. Dafür bekam der junge Jan Gerlach damals eine Bewährungsstrafe und für ein halbes Jahr den Führerschein entzogen . . . das war alles. Ich war drei Jahre und habe meine Mutter und den Bruder, der noch ein Kleinkind war, verloren; Vater seine, über alles geliebte Frau und damit seinen Lebensinhalt. Er hatte jeglichen Mut, jegliches Vertrauen und dann seinen Job und das Haus verloren. Als er versuchte, dem Filialleiter der Bank die Sachlage zu erklären, wurde er von ihm vor der Kundschaft ausgelacht. Da brannten, für mich völlig nachvollziehbar, seine Sicherungen durch.

Alle, die an unserem Leid beteiligt waren, hatte er akribisch aufgelistet. Er wollte sie nacheinander zur Rechenschaft ziehen. Die Verantwortlichen der Bank, seinen Chef, einige Kollegen seiner früheren Arbeitsstelle und nicht zuletzt diesen Raser, mit dem das ganze Elend angefangen hatte. Da Vater sich jedoch hoffnungslos überschätzt hatte und aus diesen verständlichen Gründen zu früh dem Alkohol verfiel, war er dazu nicht mehr in der Lage. Ich habe sein Erbe gerne angenommen und die Sache in meine Hände genommen.

Wozu reden? Hätte das meine Familie wieder zusammengebracht? Es hätte sich nichts geändert! Also habe ich geplant, konsequent zu handeln und die Männer ihrer gerechten Strafe zuzuführen. Nun ja, ich habe die Liste etwas erweitert, denn auch in meinem späteren Leben bin ich einigen Zeitgenossen begegnet, die keine Achtung vor anderen Menschen gezeigt hatten. Egoisten, die nur darauf bedacht waren, ihren Willen durchzusetzen. Dabei blieben einige arme Leute auf der Strecke. Für mich stand an oberster Stelle der Mann, der mich damals aus dem Heim geholt hatte. Ich konnte mir nie richtig vorstellen, dass seine Frau von den perversen Trieben ihres Mannes nichts gewusst haben wollte. Deshalb stand auch seine Frau, die mich nie als Kind, sondern nur als lästiges Übel gesehen hatte, mit auf meiner Liste. Ich hatte mir geschworen, dass sie eines Tages dafür bezahlen würde. Als ich von meinem Hausarzt die Diagnose bekam, dass ich nicht mehr lange zu leben hätte, legte er mir nahe, meine „Angelegenheiten" ins Reine zu bringen. Das habe ich hiermit sorgfältig erledigt. Ich alleine bin für die Taten verantwortlich, denn ich will nicht qualvoll monatelang als Pflegefall dahinvegetieren. Ich merke jetzt schon, dass meine Lebensqualität enorm einschränken.

Ich bin froh, dass ich es doch noch geschafft habe, meine Liste komplett abzuarbeiten. Im Koffer unter dem Bett finden Sie die Einwegspritzen und den Rest des Schlangengiftes. Es war im Nachhinein viel zu einfach, den Tierarzt vom städtischen Zoo zu bitten, mir zu zeigen, wie man das Gift gewinnen kann. Die richtige Bluse, ein schüchterner Augenaufschlag und er war mir verfallen. Stolz hatte er mich danach mehrfach mit in sein Labor genommen und gezeigt, wo die Schlangen „gemolken" wurden. Ich werde nicht mehr erfahren, ob er bemerkt hatte, dass ich mir mehrere Kanülen für meine Zwecke mitgenommen hatte.

Wie dem auch sei . . . . nun ist meine Familie wieder vereint!"

O`Connors hatte sich hingesetzt und das Schreiben zurück aufs Bett gelegt. Die Fälle schienen hiermit endgültig gelöst.

Aber so war das kein richtiger Erfolg für die Mannschaft, die so hart daran gearbeitet hatte, den oder die Täter dingfest zu machen und dem Gericht zu überstellen. Das war ihnen leider vergönnt. Bei der späteren Obduktion der Leiche wurde zwar tatsächlich das gleiche Schlangengift gefunden, aber eine lebensbedrohliche Krankheit hatte der Gerichtsmediziner nicht entdecken können.

Die Kriminalbeamten wurden stutzig. Hatten sie die richtige Frau Berg hier in der Pathologie, oder waren sie schon wieder auf irgendeinen Trick dieser ominösen Frau hereingefallen? Sie hatte schon mit dem Doppelmord ihrer Adoptiveltern eine falsche Fährte gelegt. War das diesmal genauso? Man hatte den Tierarzt vom städtischen Zoo daraufhin gebeten, die Frau als seine Bekannte zu identifizieren und erlebte die nächste Überraschung. Die Tote war dem Mann völlig unbekannt und ihre Blutgruppe war ebenfalls nicht identisch mit den Eintragungen des Jugendamtes.

In den Unterlagen fand man die letzte Adresse des adoptierten Mädchens, das nach den tragischen Todesfällen der Eltern, als Evelin Berg geboren, bei dem spanischen Ehepaar als Danuta bis zu ihrem 18. Geburtstag gelebt hatte. Danach war sie in die Stadt gezogen und hatte dort fünf Jahre gelebt, bevor sich ihre Spur endgültig verlor.

Die unheimliche Mordserie war zwar gestoppt und obwohl alle Indizien dagegen sprachen, dass die wahre Mörderin sich selber gerichtet hatte, wurde die Akte unerledigt geschlossen.

Man hatte keinen Hinweis, keinen Zeugen und damit auch keine Möglichkeit, die richtige Evelin Berg zu finden.

Oberhalb eines felsigen Lavagesteins an der südlichen Klippe von Mallorca saß auf der Terrasse ihres Bungalows eine Dame mittleren Alters unter einem Sonnensegel. Sie blinzelte durch die abgedunkelte Brille über das Meer, in dem sich die untergehende Sonne in tausend funkelnden Lichtern als breites Glitzerband widerspiegelte. Wie mit einem Pinsel gemalt zogen hellrosa, grellgelb, dunkelrot und violett angestrahlte Wolkenfetzten am weiten Firmament in Richtung des offenen Meeres.

Der braungebrannte Jüngling hatte ihr gerade einen frisch zubereiteten Cappuccino gebracht, dabei ihren Arm gestreichelt, ihr zugelächelt und daneben in dem zweiten Liegestuhl Platz genommen. Die Eiswürfel klimperten leise im Glas, als er einen Schluck seines Longdrinks genoss. Sie schaute zu ihm herüber und nahm ihre Sonnenbrille ab. „Nun sag schon! Dich bedrückt doch etwas!" Der Mann drehte sich zu ihr herum, setzte sich und fing zögerlich an: „Im Keller . . . " dann schaute er vor sich auf die Steinplatten, die den Swimmingpool umgaben. „Ja? Juan, was ist im Keller?"

Jetzt blickte er sie fast ängstlich an: „Du weißt schon, das Terrarium! Mir ist nicht wohl bei dem Gedanken, dass da unten in deinem Keller diese giftigen Schlangen hausen!" Ein Lächeln huschte über ihr Gesicht und sie setzte ihre dunkle Brille wieder auf: „Du weißt, ich liebe diese Tiere und sie sind sicher eingesperrt. Sie können dir also nichts tun. Ich versorge sie und du musst ja nicht nach unten gehen! Du kannst die Kellerräume mit den Terrarien doch meiden. Die Reptilien faszinieren mich, sie gehören einfach zu mir!"

Er atmete enttäuscht durch: „Ein Versuch war es wert! Gut, ich akzeptiere, wenn auch mit ängstlichen, gemischtem Gefühl!"

Sie nickte, nahm einen Schluck des heißen Getränks und während sich ihr Liebhaber wieder seinem Roman widmete, dachte sie lächelnd daran, wie gut alles geklappt hatte und wie einfach es letztendlich gewesen war, das Vermächtnis ihres Vaters zu erfüllen.

Die Reptilien im Untergeschoss ihres Hauses wurden sorgsam von ihr behütet und gepflegt, denn wer kennt schon die Zukunft und wer weiß, ob man nicht doch noch einmal auf ihr toxisches Sekret zurückgreifen müsste.

Sie streckte sich zufrieden auf ihrer Liege aus, während sich die eben noch gleißend helle Sonne zu einem dunkelroten Ball verändert, langsam ins Meer glitt. Sie genoss das neue, mediterrane Leben in vollen Zügen.

Ein Unfall?

Wäre da nicht der übereifrige Polizeianwärter der Bereitschaftspolizei gewesen, keiner hätte gemerkt, dass es sich hierbei um einen eiskalt geplanten Mord gehandelt hatte.

Alles begann mit einem routinemäßigen Einsatz, der soeben über den Funk gekommen war. Sie saßen im Polizeiauto und tauchten mit dem kleinen Plastikdreizack die aufgespießten Kartoffelstäbchen in die fette Mayonnaise. „Anton 3, bitte kommen!" Feldner schob genüsslich die frittierten Pommes in den Mund. Er murmelte dabei kauend ein schwer verständliches: „Mikro! Rote Taste!" und war schon dabei, die nächsten, goldgelben Sattmacher aus der Plastikschale zu fischen. Der junge Strehler war in dieser Nachtschicht dem älteren Kollegen zugeteilt worden und saß auf dem Beifahrersitz. Wieder tönte die quakende Stimme aus dem Lautsprecher: „Anton 3! Wo seid ihr gerade?" Schnell stellte der Polizeianwärter seine Plastikschale auf das Armaturenbrett, wischte sich mit der Serviette die Finger ab und nahm das Mikro aus der Halterung: „Anton 3 hört!"

Der Lautsprecher knisterte leise und von der Zentrale kam die Aufforderung zum Einsatz.

„Fahren Sie zur B 733, bei Kilometer 19, in Fahrtrichtung Bensheim ist uns soeben ein Autounfall mit einem Schwerverletzten gemeldet worden. Der Rettungswagen ist auch schon unterwegs." Sie nahmen eine Plastiktüte und warfen die Reste ihres überhastet abgebrochenen Essens hinein.

„Verstanden Ende!" Ingo Strehler schaltete das Mikrophon aus und schob es in die Halterung. Während er sich anschnallte, legte er den Kippschalter am Funkgerät um und betätigte damit Blaulicht und Martinshorn.

Sie wendeten auf dem Parkplatz und fuhren in entgegengesetzter Richtung aus der Stadt.

Nach ein paar Minuten waren sie an der Unfallstelle. Ein Arzt bemühte sich um den Fahrer, während ein Sanitäter zu ihnen kam.

„N`Abend! Keine Zeugen. Der muss wie ein Teufel in der scharfen Kurve geradeaus gefahren sein, direkt auf die dicke Eiche zu. Sieht nicht gut aus!" Die beiden Beamten schalteten das akustische Signal aus, ließen aber ihr Blaulicht weiter kreisen. Sie setzten ihre Dienstmützen auf und gingen zu dem Verunglückten. Gerade in diesem Moment drehte sich der Mediziner herum. „Meine Hilfe wird nicht mehr benötigt, Exitus! Ich werde den Leichenwagen anfordern, wenn noch was sein sollte, ich hab die ganze Nacht Dienst!"

Er streifte seine Latexhandschuhe ab und warf sie in den Abfallkorb, den man hinter der seitlichen Schiebetür des Krankenwagens sehen konnte. Die Sanitäter stiegen ein, schalteten ihr Blaulicht aus und starteten den Motor. Der Arzt füllte seinen Bericht aus und ging zu den Beamten. „Sie übernehmen?" Der Hauptkommissar nickte und stieg in seinen Dienstwagen, während Strehler näher an die Unfallstelle ging. Der Arzt hatte sein Auto gewendet und fuhr langsam hinter dem Krankenwagen her. „Seltsam!" Strehler kratzte sich am Kinn und schaute die langgezogene Straße entlang zurück. Joachim Feldner saß im Dienstfahrzeug und telefonierte.

Der Polizeianwärter ging vorsichtig auf den Wagen zu. Die Fahrertür war nur angelehnt, der Tote hatte ein Tuch über dem Kopf und saß eingeklemmt auf dem Fahrersitz. Zwischen der Rückenlehne und dem Armaturenbrett war kaum Platz. Das Lenkrad war verbogen und die Lenksäule in den völlig deformierten Brustkorb des Unglücklichen eingedrungen. Vom Fußraum war nichts mehr zu sehen, denn der Motorblock hatte sich nach hinten verschoben und war ungefähr an der Stelle, wo normalerweise das rechte Knie des Fahrers hätte sein müssen. Als sich der junge Beamte aufrichtete, kamen gerade die Feuerwehr und der Leichenwagen. Die Männer machten sich sofort mit schwerem Gerät an die Arbeit, um das Dach mit der Motorzange aufzuschneiden um zu versuchen, den Körper herauszuholen. Strehler stand neben dem Wagen an der Beifahrerseite. Minuten später saß der Unglückliche ohne Blechdach, wie in einem Cabrio. Die Lenksäule wurde unmittelbar vor dem Brustkorb abgesägt und die Lehne des Sitzes mit einer Seilwinde nach hinten gezogen, um den Torso vorsichtig mit der eingedrungenen Eisenstange zu befreien.

Als man die sterblichen Überreste in den Zinksarg legte, ordnete Strehler eigenmächtig an, ihn zur Obduktion in die Pathologie zu bringen. Als er noch einmal einen Blick in den zertrümmerten Innenraum warf, fielen ihm sofort die abgerissene Kordel vom Lenkrad und der schwere, vierkantige Pflasterstein auf. Da der Stein nicht verdreckt war, konnte er auch nicht erst durch den Unfall hier hineingeraten sein und die Kordel könnte das Lenkrad blockiert haben. Er rannte zu seinem Vorgesetzten und teilte ihm mit, dass ein Pflasterstein im Fußraum liegt. Ein müdes Lächeln war die Antwort. „Und? Was ist daran so ungewöhnlich? Der pflügt zwanzig Meter den Graben auf und landet vor dem Baum, Punkt! Vielleicht ist dabei der Stein ins Innere des Wagens gedrückt worden, was weiß ich?! Vielleicht hatte der einfach einen Aussetzer . . . Herzinfarkt oder so . . .! Vielleicht war er aber auch betrunken, denn das Innere hatte schwer nach Schnaps gestunken, das müssen Sie doch gerochen haben. Wir müssen die Untersuchung abwarten. Kommen Sie, steigen Sie ein! Wir sind hier fertig. Den Rest können die alleine machen." Strehler war enttäuscht, musste sich jedoch den Anordnungen seines Chefs fügen. „Einen kleinen Augenblick noch!" Er ließ die Beifahrertür auf, zog seine Latexhandschuhe an und ging noch einmal zum Unfallauto. Schnell entnahm er die ungewöhnlichen Fundstücke, bevor der Abschleppwagen alles wegbrachte, legte sie in den Kofferraum des Dienstwagens und stieg dann wortlos ein.

Er hatte ein mulmiges, ungutes Gefühl dabei, das Geschehene als einen normalen Unfall zu sehen. Zugegeben hatte er bis zu diesem Zeitpunkt nur die Erfahrungen, die er in seiner Vorbereitungszeit bei der Bereitschaftspolizei gesammelt hatte, aber ihm war eine rote Lampe im Kopf angegangen.

Die späteren Erkenntnisse sollten ihm Recht geben.

„Feldner! Hatten Sie die Obduktion von dem Unfallopfer angeordnet? Obwohl schon nach der ersten Untersuchung feststand, dass er knapp 2 ‰ Alkohol im Blut hatte?"

Siegessicher schüttelte der Alte verneinend den Kopf und zeigte mit dem Daumen auf den jungen Kollegen, der eifrig über seinem Klapprechner hing und den Bericht eintippte.

„Strehler? Sie?" Der Polizeianwärter schaute auf und sah in das Gesicht des Staatsanwaltes, der sich vor dem Schreibtisch aufgebaut hatte.

„Ja?" er klappte den Rechner zu, stand auf und wartete auf den Rüffel, den er sich mit seiner eigenmächtigen Aktion eingehandelt hatte. Anerkennend streckte ihm der Staatsanwalt die rechte Hand entgegen: „Sehr gut aufgepasst, Strehler. Ihr Gruppenleiter kann stolz auf Sie sein! Der Polizeichef will Sie sehen!" Der Hauptkommissar saß mit offenem Mund da, ihm entglitten die Gesichtszüge, denn er hatte den jungen Mann vorher ausdrücklich davor gewarnt, unnütze Untersuchungen anstellen zu lassen, denn das wäre, wie er zu sagen pflegte, Vergeudung von Steuergeldern. Ingo Strehler wurde verlegen, als er sich am Tisch seines älteren Kollegen vorbeidrückte, um in das Büro des Amtsleiters zu gehen. „Kein Wort darüber!" zischte Feldner leise. „Kein Wort!" Jetzt musste der junge Kollege schmunzeln,

155

denn so nervös und unruhig hätte er den erfahrenen Beamten nicht eingeschätzt. Er ordnete seine Kleidung, knöpfte die Jacke zu und klopfte zaghaft an die milchige Glastür. „Jaja, kommen Sie rein, Strehler und setzen Sie sich. Kaffee?" Ingo schloss die Tür hinter sich und nahm auf dem Sessel Platz, auf den sein Chef mit einer flüchtigen Handbewegung gezeigt hatte. „Wie?" meinte er, denn er hatte nicht zugehört. „Wollen Sie auch einen Kaffee?" Strehler überlegte wohl zu lange, denn sein Chef nahm ihm die Antwort ab und rief der Sekretärin zu: „Zwei Tassen Kaffee, Frau Heinrichs!" Dann drehte er sich wieder um und schaute lange auf ein Dokument, das auf seinem Schreibtisch lag. „Sechs Monate erst?" Er blickte den jungen Mann freundlich an. Strehler verstand nicht so recht, was der Oberamtmann wollte und wiederholte seine Worte: „Sechs Monate, was?"

Der Kaffee wurde hereingebracht und Walter Krause, der Amtsleiter nahm Milch und Zucker, rührte mit dem Löffel in seinem heißes Getränk und kam endlich zur Sache. „Gut aufgepasst haben Sie da, gestern Abend! Die Obduktion hatte zwar festgestellt, dass der Tote sehr viel Alkohol im Blut hatte, aber wir haben, dank Ihres Verdachtes auch noch etwas anderes gefunden. Die Hämatome an den

Handgelenken weisen darauf hin, dass man ihm die Flüssigkeit mit Gewalt zugeführt hatte." Er machte eine Pause und nahm einen vorsichtigen Schluck. „Sie trinken nicht! Zu heiß?" Gedankenverloren rührte Strehler in seiner Tasse, obwohl er weder Milch noch Zucker hineingeschüttet hatte. „Heißt das etwa auch, dass..." er wurde von ihm unterbrochen, bevor er ausreden konnte: „Jawohl, das heißt es! Es war Mord! Das Hemd des Opfers war getränkt mit Whisky, den man dem armen Teufel mit Gewalt eingeflößt hatte. Wir müssen nur noch klären, ob er alleine im Wagen war und wenn, warum er keine Anstalten gemacht hatte, die Kurve zu nehmen. Das wäre bei dieser Geschwindigkeit sowieso nicht möglich gewesen, also: warum hatte er nicht abgebremst? Jetzt wissen wir zumindest das! In dem Zustand, so steht es im Bericht des Arztes, war der Mann völlig unfähig, den Wagen zu lenken." Strehler nahm einen Schluck: „Das ist es! Jetzt wird mir klar, wie man das angestellt hatte! Die Kordel und der Pflasterstein!" Krause zog erstaunt seine Stirn in Falten: „Wie? Was sagen Sie da? Ich verstehe nicht?" Bevor der junge Beamte seine Beobachtung erklären konnte, klopfte es an der Tür. „Die Kollegen von der Kripo!" sagte Frau Heinrichs und trat zur Seite.

Nachdem sich die Kollegen kurz vorgestellt hatten, setzten sie sich. „Was mache ich denn noch hier? Wollten Sie nicht mit den Spezialisten alleine sprechen?" Strehler schaute den Amtsleiter an und war im Begriff aufzustehen, als ihm der hereingekommene Oberkommissar der Kripo die Hand auf seine Schulter legte. „Setzen Sie sich wieder!" Er nahm ein Schreiben aus der Tasche und legte es auf den Tisch. Er studierte kurz den Text, indem er ein paar Zeilen leise murmelnd überflog, dann las er laut vor: „Ingo Strehler, 25 Jahre, seit der Polizeischule als Anwärter hier bei der Bereitschaftspolizei . . . " er sah Strehler offen ins Gesicht. „Soweit richtig?" Der junge Beamte nickte. „Ja, schon. Aber ich weiß nicht warum Sie . . . also das Schreiben habe ich an die Personalabteilung geschickt." Er verdrehte seinen Hals und schielte auf das Papier. „Nehme ich jedenfalls an, dass es meine Bewerbung zur Kripo ist." „Richtig! Ihre Bewerbung in unsere Abteilung. Und wie es den Anschein hat, so ist Ihr Interesse tatsächlich so groß, dass Sie sich in meine Ermittlungen eingemischt haben!" Strehler wollte diesen Vorwurf nicht auf sich sitzen lassen: „Moment mal! So geht das nicht! Ich habe schon am Unfallort meine Bedenken anmelden wollen, aber die wurden ignoriert.

Und wissen Sie auch von wem? Von Ihnen! Sie haben mich belächelt, meine Theorie als absurd bezeichnet. Trotzdem habe ich den Stein und die Kordel mitgenommen, bevor das Unfallauto abgeschleppt wurde, denn ich war sofort davon überzeugt, dass hier etwas nicht zusammenpasste." Jetzt schauten die Beamten, hellhörig geworden, auf. „Das ist gut! Sehr gut sogar! Nichts gegen dich, Walter . . . . . " Henzler wandte sich an den Amtsleiter: „aber die Streife hat mit ihrer Unachtsamkeit schon oft unsere Arbeit in einigen Fällen erschwert, indem sie voreilig falsche Schlüsse gezogen hatte, oder vielleicht sogar überhaupt nicht als Anhaltspunkte erkannt . . . aber das wäre eine Unterstellung! Diesmal jedoch haben wir einen engagierten, jungen Mann vor uns, alle Achtung!" Er schaute den Amtsleiter an, der wohl schon mehr wusste und hoffnungslos mit ansehen musste, dass sich die Kollegen der Kripo hier eingemischt hatten. „Wir geben Ihnen die Gelegenheit, sich mit diesem Fall in unsere Tätigkeiten einzuarbeiten. Das ist ein ernstgemeintes Angebot." Der Polizeianwärter hatte eine trockene Kehle, als er die Neuigkeit begriff, er war überwältigt. Jedoch wusste Feldner seine Euphorie schnell einzudämmen: „Auf Probe, Strehler! Erst einmal für sechs Monate. Ihre Gehaltsgruppe bleibt bis dahin gleich, denn wir wissen alle noch nicht, ob Sie den Anforderungen wirklich gewachsen sind und ob das die richtige Entscheidung für uns alle ist. Sind Sie damit einverstanden?" Strehlers Augen leuchteten. Sein sehnlichster Wunsch war in Erfüllung gegangen. Diese Chance musste er nutzen. Er nickte heftig zur Bestätigung und zwängte sich an den Beamten vorbei. „Was denn, was denn? Sie können nicht gehen! Wir wollen das jetzt mit Ihnen besprechen!" Ingo Strehler war schon an der Tür. „Ich weiß! Ich hol nur den Pflasterstein und die Kordel aus dem Kofferraum des Dienstwagens. Die Sachen sind doch jetzt unsere ersten Anhaltspunkte, oder nicht?"

Während Ingo sich beeilte, die Sachen aus der Tiefgarage zu holen, war sich der Oberkommissar schon sicher: „Fähiger, vielversprechender Mann! Scheint tatsächlich sehr engagiert zu sein! Ich behaupte jetzt schon, dass er uns nicht enttäuschen wird. Ich habe ein Näschen für solche Leute! Er ist im Team!"

Ingo Strehler hatte seinen neuen Arbeitsplatz nun bei der Kripo. Seine Uniform hing im Spind und er musste sich nach den 2 Jahren Polizeischule und den Tagen im Streifendienst erst an seine zivile Kleidung gewöhnen. Er saß dem Leitungs-Assistenten, Kommissar Mario Fabrizzi gegenüber und studierte aufmerksam den Obduktionsbericht.

„Entschuldigung?" er sah auf und wandte sich an seinen neuen Kollegen: „Herr Kommissar, ich hab da mal eine . . . " Der Angesprochene schaute von seiner Arbeit auf und lächelte: „Entweder Mario oder Fabri! Wir duzen uns hier alle, bis auf den Chef natürlich!" ER zeigte mit dem Daumen auf die milchige Glasscheibe des Chefs. „Also, deine Frage!" Ingo war etwas verlegen, ob der spontanen, freundlichen Art des Kollegen und hätte fast seine Frage vergessen: „Ja, ähh, ach so, danke. Also hier steht, dass es bei dem Verunglückten keinen Hinweis gibt, auf . . " er nahm noch einmal das Schreiben und suchte das Fremdwort, das er noch nie gehört hatte: „Alkohol-Abusus, steht hier, was heißt das?" Fabrizzi beugte sich wieder über seine Arbeit und sagte dabei: „Alkoholmissbrauch! Warum die Mediziner in ihren Berichten immer die lateinischen Wörter benutzen, weiß ich auch nicht . . . du wirst dich daran gewöhnen müssen!" Er grinste und warf ihm ein kleines Taschenbuch zu. Medizinisches Wörterbuch. „Ich weiß auch nicht alles!" sagte er dabei und bevor er aufstand, um sich eine Tasse Kaffee zu holen, ergänzte er: „Das Buch ist in meiner Schreibtischschublade! Du kannst es dir ausleihen, nur nicht mitnehmen! Privatbesitz!" Ingo nickte und war schon wieder in dem Bericht vertieft. Zwischendurch schlug er in dem kleinen Wörterbuch nach, machte sich Notizen und las weiter.

Dr. Heinz Leinten, Chemiker und Leiter einer internen Abteilung in dem Rüstungskonzern.

Er notierte: Was macht ein Chemiker in einer Waffenfirma? Wird hier an Gift geforscht? Verarbeiten die vielleicht sogar solche Stoffe in Granaten oder Bomben? Strehler öffnete den Monitor und suchte nach weiteren Daten, die er von dem Verstorbenen finden konnte. Er war fast völlig unsichtbar im Netz, zumindest fand er kaum irgendwelche Hinweise oder Daten über ihn. Entweder war er nie im Netz unterwegs gewesen, oder er surfte geschickt und unerkannt, ohne Spuren zu hinterlassen. Das konnte sich Strehler bei einem Wissenschaftler seines Kalibers nun wirklich nicht glauben. Seine Doktorarbeit, die Universität an der er promoviert hatte, seine vorherigen Arbeitsstellen im Umweltamt und weitere, unwichtige Daten hatte Strehler gefunden. Das war dann aber auch alles. Über seinen augenblicklichen Wirkungskreis bei dem Konzern, der normalerweise erhebliche Spuren hinterlassen hätte, fand er keinen einzigen Eintrag. Entweder war er anonym im Netz tätig, oder der Konzern schirmte jegliche Transaktion, jede Bewegung und Abfrage systematisch ab, oder stufte alles als geheim ein und hatte die Daten verschlüsselt.

Strehler kam nicht an den Chemiker ran.

Er legte den Kuli auf den Schreibblock und zog die Schublade seines Schreibtisches auf, ließ die Sachen darin verschwinden und schaute auf die Uhr.

Es war 17.ooh Feierabend und Ingo hatte seine neuen Kollegen an diesem Abend zu einem kleinen Umtrunk in seine Stammkneipe eingeladen. Außer dem Leiter kamen alle mit: Mario Fabrizzi, Frank Benthaus und Nadeshda Sturm, die Sachbearbeiterin, die gleichzeitig auch als Übersetzerin für Polnisch und Russisch für die Kripo arbeitete.

Es wurde ein gelungener Abend, der nicht so feuchtfröhlich, aber sehr erfolgreich für den jungen Anwärter verlief. Er fühlte sich völlig integriert und unterstützt. Eine gute Wahl, das Angebot anzunehmen und zur Kripo zu wechseln.

Am nächsten Morgen besprachen sie das weitere Vorgehen: „Mario und Frank, ihr nehmt Ingo mit zu dem letzten Arbeitgeber des Ermordeten. Seid vorsichtig und lasst nicht sofort die Katze aus dem Sack. Durchleuchtet seinen Arbeitsplatz, die Kollegen und danach sein privates Umfeld. Er ist jetzt seit drei Tagen tot und muss sich in der letzten Zeit bei irgendeinem sehr unbeliebt gemacht haben, ihr wisst schon! Meldet euch nicht vorher in der Firma an, es soll ein Überraschungsbesuch werden. In der Tiefgarage steht der BMW, viel Erfolg!"

Die Kollegen instruierten den Neuling und baten ihn um Zurückhaltung. Strehler war in solchen Dingen noch völlig unbefangen. Das hatte natürlich große Nachteile, aber auch, wie sich später herausstellen würde auch sehr große Vorteile, da seine naive Art von den meisten völlig unterschätzt wurde.

Nach einer Stunde durch den morgendlichen Verkehr hatten sie ihr Ziel an Rande des Industriegebietes erreicht. Schwer bewacht mit Kameras in Abständen von zwanzig Metern und von einem hohen Stacheldrahtzaun umgeben, lag hier die Hauptverwaltung des international operierenden Konzerns.

Sie standen gut eine viertel Stunde vor dem Schlagbaum, während der Pförtner etliche

Telefonate führte, bis man sie endlich bat, den Wagen hinter dem kleinen Wachgebäude zu parken. Der gesamte Vorgang wurde von mehreren Männern kritisch beäugt. Dann bekamen sie ihre Besucherausweise und wurden von einem weiteren Mitarbeiter persönlich zum Haupteingang begleitet.

„Abgesichert, wie Fort Knox!" flüsterte Ingo seinen Kollegen zu, die ihn mit einem energischen „Pst!" zum Schweigen brachten.

„So, bitte warten Sie hier!"

Sie warteten im Foyer, das wie die Empfangshalle des VIP-Bereiches eines Flughafens auf Strehler wirkte. Er war stark beeindruckt.

Dann kam der Mann, der sie hierher begleitet hatte aus einem Nebenraum zurück: „Direktor Dr. Hc Neumann wird sie empfangen, er ist der Leiter der Abt. Deutschland. Dr. Flocke ist verhindert, aber sie werden gewiss auch die Antworten auf ihre Fragen von Herrn Direktor Dr. Hc Neumann bekommen. Folgen sie mir bitte! Wenn ich vorgehen darf?"

Ein gläserner Aufzug glitt sanft an der Wand zu ihnen herunter, stoppte und die Türen schoben sich öffnend zur Seite. Sie stiegen ein und bemerkten kaum, wie der Lift mit schneller Geschwindigkeit über mehrere Stockwerke nach oben schoss.

Ein leises Klingeln zeigte ihnen, dass sie auf der richtigen Etage angekommen waren.

Als die Türen aufgingen, wurden sie dort von einem elegant gekleideten Mann empfangen: „Mein Name ist Neumann, genauer Direktor Dr. Neumann." Er ignorierte geschickt die dargebotenen Hände und öffnete eine Tür, die aufwendig mit dickem Leder gepolstert war. Der Bote, der sie hierher begleitet hatte, war wortlos wieder im Lift verschwunden und glitt wieder nach unten.

Ein hell mit Sonnenlicht durchfluteter Saal mit einer großen Fensterfront und aufwendigem Mobiliar stand den Männern offen.

Sie wurden zu einer Sitzgruppe gebeten und von einer jungen Dame, die aus dem Nichts aufgetaucht war, gefragt, ob sie Tee oder Kaffee haben möchten. „Worum geht's?" Neumann schien weder neugierig, noch überrascht zu sein, er wollte wohl so schnell wie möglich die lästigen Beamten wieder loswerden. „Kommissar Fabrizzi, das sind .. " Mit einer Handbewegung und einem Lächeln beendete der Gastgeber die Vorstellung.

„Aber meine Herren, ich bitte Sie! Wissen Sie, wo Sie sich hier befinden?" Er machte kurze Bewegungen zu den einzelnen Beamten und erwähnte dabei jeweils Dienstgrad, den Namen und die Behörde.

„Kommen Sie zur Sache, Fabrizzi! Was ist so wichtig für die Mordkommission, dass Sie mich von meiner Tätigkeit abhalten? Aber was tut man nicht alles für die Staatsbediensteten? Ihre Fragen, bitte!"

Die Angestellte verteilte die gewünschten, heißen Getränke und verschwand wieder mit einer tiefen Verbeugung, die der Direktor zwar zu erwarten schien, aber nicht beachtete.

„Es geht um einen, Ihrer Mitarbeiter. Er hatte vor drei Tagen einen Autounfall." Neumann hob den Teller mit der winzigen Tasse, nahm einen Schluck Espresso und schaute völlig ungerührt, ja fast schon teilnahmslos, Fabrizzi in die Augen: „Ihre Frage! Ist das in Ihren Augen eine Frage?" Strehler musste noch viel lernen. Er zitterte leicht vor Erregung, denn er wäre sehr gerne dazu bereit gewesen, diesem hochmütigen, arroganten Lackaffen seine Grenzen aufzuzeigen, ihm deutlich in einer angemessenen Art zu begegnen und ihm laute Vorwürfe entgegen zu schreien.

Aber nichts von alledem! Halte dich zurück! Hatte Mario zu ihm vorher gesagt. Er schien geahnt zu haben, welche Art von Mensch ihnen da gegenübertreten würde. Ein Macht besessener Manager, der keine Skrupel hatte.

Ingo bewunderte seine neuen Kollegen, die so unbeeindruckt ruhig da saßen und zuhörten.

„Ach so, ja richtig! Sie erinnern mich daran, meine Frage zu stellen! Hier ist sie: Wer hat Ihren Chemiker auf dem Gewissen, haben Sie eine Idee, einen Verdacht, womöglich?"

Obwohl Neumann versuchte, sich nichts anmerken zu lassen, konnte er dennoch nicht verhindern, dass seine geleerte Tasse leicht klimperte, als er den Teller zurückstellte.

„Entschuldigung, ich wollte Sie nicht nervös machen!" Fabrizzi spielte mit dem Feuer, denn Neumanns Augen blitzten gefährlich auf.

„Das war alles? Ich habe zu tun. Yvonne wird Sie nach unten begleiten und grüßen Sie mir Karl, er ist doch noch Ihr Vorgesetzter?"

Neumann wartete keine Antwort ab, putzte sich dezent mit einer Stoffserviette nicht vorhandenen Schmutz von den Lippen und warf das benutze Tuch achtlos auf den Tisch.

Fabrizzi hielt seine Kollegen in ihren Sitzen fest und entgegnete ruhig: „Ich bin noch nicht fertig, Neumann!" Damit hatte er dem Mann einen Stich versetzt, denn er war es gewohnt, nur mit Direktor Dr. angeredet zu werden. Da er eben den Kollegen auch nur mit seinem Nachnamen angesprochen hatte, wusste der nun, wie Mario darauf antwortete.

„Toucher!" Er kam zum Tisch zurück und legte seine Hände mehrmals aufeinander. Das sollte wohl so eine Art von Applaus darstellen.

„Zeigen Sie uns das Büro Ihres . . . " Mario ließ eine längere Pause entstehen, bevor er weiterredete „Ihres toten Angestellten!"

„Ich muss Sie leider enttäuschen, aber Zeit ist Geld. Für uns zumindest, denn Sie vergeuden ja nur Steuergelder, indem Sie dumme Fragen stellen. Also, die Kurzfassung und mehr werden Sie nicht erfahren! Die Stelle ist neu besetzt, sein Schreibtisch nicht mehr da, sein Laptop entsorgt, seine Daten geheim. Leinten war unzuverlässig, unfähig, hat getrunken und sich im betrunkenen Zustand selbst gerichtet! Sie können gehen, meine Herren!"

Jetzt ging er eilig an ihnen vorbei, öffnete eine Nebentür und rief hinein: „Yvonne, begleiten Sie die Herren nach draußen, gegebenenfalls mit Hilfe unserer Security!" Dann war er durch die gepolsterte Tür verschwunden und die junge Frau stand vor ihnen.

„So einen Ton lassen Sie sich gefallen? Wer denkt der, ist er überhaupt? Kannten Sie den verstorbenen Leinten? Bevor Sie antworten, sollen Sie eins wissen . . . " Mario schwieg sofort, denn die junge Frau hatte ihren Zeigefinger auf die Lippen gelegt und mit dem Kopf an die Decke gezeigt.

„Wir werden abgehört?" flüsterte er ihr zu und Yvonne nickte, räusperte sich und ging vor.

„Hierher, meine Herren!"

169

Sie drückte an der gläsernen Front eine mehrstellige Kombination auf ein Display und mit einem surrenden Geräusch schoss ihnen der Aufzug entgegen. Als sie zusammen im Lift standen flüsterte Yvonne leise: „Der einzige Ort, wo man einigermaßen ungestört reden kann. Kommen Sie heute Abend zu mir in die Penthouse Wohnung, Königsallee 16, App. 1214. Oberste Etage. Um 21.ooh werde ich Sie erwarten und Ihre Fragen beantworten. Schauen Sie mich nicht an, wir sind da!" Die Beamten stiegen aus und die junge Frau glitt zurück in die oberste Etage.

„Was für ein Sumpf!" Ingo konnte nicht an sich halten und kassierte ein: „Klappe, gleich im Auto kannst du reden!" Mario lächelte dem Portier freundlich zu, als sie das Hauptgebäude wieder in Richtung Schlagbaum verließen.

Sie gaben ihre Besucher-Ausweise ab, stiegen ein und warteten, bis sich das rot-weiß gestreifte Aluminiumrohr hob und sie endlich wieder auf die Straße fuhren.

„Halt dich beim nächsten Mal besser unter Kontrolle, Ingo. Wir haben es hier mit sehr gefährlichen Männern zu tun. Ein falsches Wort und ein dutzend Anwälte zerreißen dich und du bist im günstigsten Fall wieder auf Streife!" Strehler hatte verstanden: „Dafür war dein Konter aber nicht von schlechten Eltern!"

„Ich musste das tun, sonst wäre ich geplatzt!"
Als sie ihrem Chef Bericht erstattet hatten, rieb
der grübelnd sein Kinn. „Neumann? Sagtest
du? Marius Neumann?" Fabrizzi hob seine
Schultern und schaute in die Runde: „Hatte der
seinen Vornamen genannt?" Ein Lächeln war
die Antwort. „Der hatte nur seine wichtigen
Titel im Sinn: Direktor Dr. Hc Neumann! Ach,
noch was: Er meinte, ob Karl immer noch
unser Vorgesetzter wäre. Kennst du den etwa
näher?" Henzler setzte sich: „Und ob! Ein
Streber vor dem Herrn! Aalglatt, rücksichtslos,
hinterlistig und gefährlich. Ich wusste
überhaupt nicht, dass der das einmal schaffen
würde, soweit zu kommen. Aber so eiskalt wie
der schon früher war, pflastern wahrscheinlich
mehrere Opfer seinen Weg. Ich weiß, was du
sagen willst! Vermutungen bringen uns nicht
weiter! Ich weiß aber, dass der gefährlich ist!
Quod erat demonstrandum! Und das liegt nun
bei euch! Strengt euch an, ich zähle auf euch
und ihr könnt mit jeder Unterstützung rechnen!
Was ist mit der Frau, wann sollt ihr sie
aufsuchen?" „Heute Abend, 21.ooh, warum?"
„Es ist jetzt 17.ooh. Fahrt sofort und wartet auf
sie, ich habe ein ungutes Gefühl. Sie will uns
was Wichtiges sagen und schwebt mit
Sicherheit in Lebensgefahr!" Die Männer
sprangen auf und liefen zurück zum Auto.

Eine viertel Stunde später standen sie vor der angegebenen Adresse, einem Hochhaus mit zwölf Etagen. Seitlich war eine abschüssige Einfahrt in die Tiefgarage, die von einem robusten Rollgitter geschützt war.

„Kennst du ihren Wagen?" Mario verneinte und nahm sofort seinen elektronischen Helfer zur Hand und tippte die Nummer der KFZ-Zulassungsstelle in das Display. Er sah dabei seine Kollegen an und ergänzte: „Ihre Daten hab ich mir heute Nachmittag vom Einwohnermeldeamt geben lassen! Ich hätte nicht gedacht, dass die noch so jung ist . . ." Er wollte weiterreden, aber in diesem Augenblick hatte er Anschluss: „Hier KFZ-Zulassung"

Er meldete sich mit seinem Dienstgrad und dem Code, der eine Daten geschützte Antwort an Berechtigte möglich machte. Während er nickte und in seinem Schreibblock notierte, schaute Ingo nervös auf seine Uhr - 17.45 h.

„Wann wird die hier sein?" wollte Frank wissen und Mario, der gerade sein ergiebiges Telefonat beendet hatte, antwortete spontan: „Um 18.oo h! Normalerweise, hat sie gesagt. So, wir warten also auf ein Sportcabrio, die Farbe ist denen nicht bekannt. Amtliches Kennzeichen H-YS 1990. War normalerweise zu erwarten. Yvonne Schneider, 20.11.1990."

Nach ca 20 Minuten kam ein Volvo mit einer jungen Frau, bog ab und fuhr hinunter in die Tiefgarage. Sie hielt eine Karte an den Sensor, das Rollgitter hob sich und der Wagen verschwand in der dunklen Einfahrt. Sofort sengte sich das Gitter wieder und versperrte die Zufahrt wieder. In diesem Augenblick bog der Sportwagen um die Ecke und fuhr zügig vor die Einfahrt. Mario sprang aus dem Fahrzeug und lief über die Straße, kurz bevor Yvonne hineinfuhr. Als sie ihn erkannte, drehte sie die Seitenscheibe herunter: „Sie? Wir waren für heute Abend verabredet!" Mario winkte seinen Kollegen, die sofort den Dienstwagen hinter ihr abstellten. „Ich weiß, aber mein Chef wollte, dass wir Sie beschützen. Er hat für solche Sachen einen guten Riecher, müssen Sie wissen." Das Gitter war auf und Yvonne fuhr herein „Folgen Sie mir und stellen Sie den Wagen neben mir ab. Das ist mein zweiter Parkplatz, für Besucher!" Als sie die Autos abgeschlossen hatten und das Außengitter wieder heruntergefahren war, gingen sie zum Fahrstuhl. „Dumme Sache, das mit Dr. Leinten. Aber das es kein normaler Unfall war, scheint Ihnen doch klar zu sein. Sonst wären Sie doch nicht zu uns gekommen und hätten unseren Direktor so verstören können, oder? Nun gut, ich muss hoch, meine

173

Putzfrau wartet in der Wohnung. Wir haben noch etwas zu besprechen, denn nächste Woche hab ich Urlaub und . . . " Sie standen zusammen im Fahrstuhl, als das Licht kurz flackerte und ein dumpfes Geräusch zu hören war. Dann setzte ein ununterbrochenes Piepsen ein. Die Beamten konnten sich das nicht erklären, nur Yvonne schien darüber Bescheid zu wissen. Sie drückte den roten Knopf, denn der Lift hatte sich noch nicht in Bewegung gesetzt. Die Türen fuhren wieder auseinander und Yvonne sprang heraus und eilte zum Treppenhaus. „Kommen Sie! Das war ein Alarmzeichen, den Lift im Augenblick nicht zu benutzen!" Kurz bevor sie die achte Etage erreicht hatten, wurde ihr Atem schwerer. Yvonne lehnte sich gegen die Außenwand: „Ab Morgen werde ich weniger rauchen!" Die Männer mussten verschmitzt grinsen, aber die gute Laune verflog bald, als ihnen Bewohner entgegen kamen. „Raus hier! Bloß raus! Da oben ist alles voll Qualm und das Wasser spritzt von der Decke, da seht doch!" Tatsächlich schlängelte sich ein beträchtliches Rinnsal neben dem Geländer in die Tiefe.

„Die Sprinkler-Anlage!" folgerte die junge Bewohnerin und lief weiter hoch. Sie kamen bis zum elften Stockwerk, als Mario, der über dem Geländer nach oben geschaut hatte, seine

Begleiter an den Händen festhielt. „Da oben ist etwas passiert. Frank, du begleitest Frau Schneider zurück in die Tiefgarage. Warte mit ihr in unserem Wagen und pass auf! Du weißt schon, der Chef hatte wohl Recht!"

„Moment mal, ich muss . . . " Yvonne wollte protestieren, aber Mario ließ sich nicht von seinem Plan abbringen: „Verstehen Sie doch! Wir werden schauen, was da oben los ist, dann ruf ich euch an! Abmarsch zurück!"

Während Kommissar Benthaus mit der Frau langsam zurückging, stiegen sie weiter hoch und wurden schon bald von einem Qualm und Rauschgemisch, unterbrochen von feinem Sprühnebel empfangen. Das Wasser schoss nicht mehr mit voller Kraft aus den Düsen, die unter der Decke angebracht waren, sondern hatte sich zu einem Nebeldunst verwandelt. „Riechst du das auch? Wie verfaulte Eier!" Mario nickte: „Das ist Gas! Hier ist eine undichte Stelle, irgendwo tritt Gas aus!"

Sie stampften über den nassen Teppichboden und schauten dabei auf die Türnummern der Appartements. „1206, 1208, hier muss es gleich kommen!" Sie fanden in dem unwirklichen Licht gerade noch die 1210 und die 1212, danach klaffte ein ca. 2 x 2 Meter großes Loch in der Wand.

Die Beamten sahen sich an und gingen zurück.

„Ruf Henzler an. Wir bringen sie sofort ins Präsidium. Er soll entscheiden, wie es jetzt weitergeht!" Während die beiden Beamten wieder ins Treppenhaus gingen, hatte Mario schon sein mobiles Telefon in der Hand und alarmierte die Feuerwehr und die Kollegen der Bereitschaftspolizei, da man zu diesem frühen Zeitpunkt noch nicht wusste, ob Verletzte oder Tote zu beklagen waren. Danach sprach er mit seinem Chef, der überhaupt nicht überrascht darüber war, dass sie die junge Dame mit auf Präsidium bringen wollten, obwohl sie noch nichts Konkretes über ihren Arbeitgeber ausgesagt hatte. Die völlig zerstörte Penthouse Wohnung war schon Hinweis genug, dass der Kampf gerade erst begonnen hatte.

Yvonne war außer sich, als sie hörte, wie es im obersten Flur aussah. Die Beamten konnten ihr noch nichts Näheres über eventuelle Schäden, oder den Verbleib der Putzfrau sagen.

Vorrangig war für die Beamten der Schutz ihrer Zeugin gewesen, die nun auf dem Revier einen tiefen Einblick in die Machenschaften ihres Arbeitgebers gab. Unter dem Eindruck, dass sie um Haaresbreite an schwersten Verletzungen vorbeigeschrammt war, hatte sie keinerlei Skrupel und gab bereitwillig über alles Auskunft. Mit Polizeischutz bezog sie vorsorglich eine eigene Wohnung des Staates, die man für Kronzeugen und ähnliche Fälle zur Verfügung hatte.

Mario und Ingo fuhren noch einmal zurück zur Königsallee, um von den Kollegen vor Ort Näheres zu erfahren.

Die Neuigkeiten waren erschütternd!

Eine Gasexplosion in der obersten Etage, im Badezimmer des Appartements 1214, hatte die gesamte Wohnung völlig zerstört.

Es gab mehrere Verletzte in den angrenzenden Nachbarwohnungen, drei Personen waren sogar mit schwersten Verbrennungen auf der Intensivstation des örtlichen Krankenhauses.

Die traurigste Mitteilung kam von dem Einsatzleiter der Feuerwehr, der Überreste eines menschlichen Körpers in den Trümmern der völlig verwüsteten Wohnung gefunden hatte. Die Leichenteile waren zur näheren Untersuchung schon auf dem Weg in die Pathologie, um eindeutige Informationen zu bekommen, denn man konnte immer noch nicht sagen, ob es sich bei dem Fund um einen Mann oder eine Frau gehandelt hatte.

Man vermied zunächst aus verständlichen Gründen, die ersten Erkenntnisse an Frau Schneider weiterzugeben, da sie unter Schock stand und ärztlich betreut wurde.

Als Direktor Dr. Hc Neumann angefressen sein Büro und damit die Beamten verlassen hatte, war er in sein schalldichtes Privatbüro gegangen. Er öffnete den Schrank und schaltete Monitore und Mikrofone ein, um durch diese Überwachung besser informiert zu sein. Als Yvonne die Beamten zum Fahrstuhl begleitete, wählte Neumann einen anderen Kanal und sah das Innere der Fahrstuhlkabine. Da machte sie den entscheidenden Fehler. Er konnte kaum glauben, was er da hörte, nahm den Kopfhörer und nahm das Gespräch auf, während sein Gesicht erstarrte.

Doch nicht Yvonne! Dass sie die Beamten zu sich nach Hause bestellte, besiegelte ihr Schicksal. Er rief sofort Boris Nabokov, den vertrauenswürdigen Chef der Sicherheitsfirma an, der schon mehrfach die grobe Drecksarbeit für ihn gemacht hatte und loyal bereit war, auch diesmal einen sauberen Unfall vorzubereiten. Während Yvonne noch in der Firma war, gingen zwei Männer, getarnt als Installateure in ihre Wohnung.

Die geschwätzige Angestellte sollte ihre brisanten Dinge auf keinen Fall weitergeben.

Ein aufgebohrtes Leck in ihrer Gastherme, ein Zünder, der beim Öffnen der Badezimmertür für den Rest sorgen würde und der Unfall war vorbereitet.

Als nach 24 Stunden fest stand, dass es sich bei der Getöteten um die Putzfrau handelte, entschied sich der Oberkommissar zu einer drastischen Maßnahme, nur zum persönlichen Schutz von Yvonne Schneider:

„Bei einer tragischen Gasexplosion in einem Hochhaus auf der Königsallee wurde die Wohnungsinhaberin getötet. Die ermittelnden Beamten gehen von einem Defekt in der Heizungstherme der Wohnung aus. Die gesamte Etage wurde dabei völlig verwüstet und muss aufwendig restauriert werde. Der Schaden beläuft sich auf 300.000,€."

Anschließend rief er die beteiligten Beamten zu einen internen Besprechung zusammen.

„Frau Yvonne Schneider wurde offiziell von mir für tot erklärt. Ich brauche nicht extra zu erwähnen, dass das Leben unserer Kronzeugin am seidenen Faden hängt. Jetzt werden wir unsere Ermittlungen auf die Waffenfirma intensivieren. Ich will alles über den Konzern wissen. Neumann darf ab sofort nicht mehr husten, ohne dass wir davon Kenntnis haben! Ist das verstanden worden? Aktiviert alle Kanäle, beschattet die Angestellten, holt Bankauskünfte ein! Wir dürfen nicht das Geringste übersehen. Mario und Ingo, ihr werdet die Bänder der Videokameras des Gebäudekomplexes beschaffen! Auf geht's!"

179

„Habt ihr schon was gefunden?" OK Henzler kam in das hintere Zimmer des Büros, wo mehrere Beamte auf verschiedenen Monitoren konzentriert die springenden Einzelbilder der Kameraaufzeichnungen sichteten.

Sie mussten sich die Bilder von einem großen Zeitraum anschauen, da Yvonne von morgens um 6.oo h bis 17.30 h am Nachmittag in der Firma gewesen war. Alle Personen, die in diesem Zeitraum im oberen Flur waren, kamen demzufolge für eine Manipulation in Frage.

„Wir sagen Bescheid, sobald wir was Verdächtiges finden, Chef!" Henzler nickte: „Sind auf den Bildern Daten gespeichert?" Mario drehte seinen Monitor herum: „Die Nummer der Kamera und das genaue Datum mit Uhrzeit, auf die Sekunde genau! Wir haben hier einen Scanner und können sofort davon Bilder ziehen, alles im Griff, aber das kann noch dauern!"

Der Oberkommissar war mit der Arbeit seiner Männer zufrieden: „Kaffee?" rief er in den Raum und alle antworteten: „Keine schlechte Idee, Chef."

„Ich schick Nadeshda mit einer Kanne und Tassen hierher! Viel Erfolg!"

„Hier, seht doch mal! Das ist ungewöhnlich! Die kommen aus dem Lift und gehen zielsicher über den Flur in Richtung der Wohnung! Da, was hab ich gesagt? Die fingern an der Wohnungstür und Schwups, drin sind sie! Der Hausmeister hatte uns doch gesagt, dass an dem Tag im Obergeschoß keine Reparaturen angezeigt worden waren und Frau Schneider hatte niemanden beauftragt, oder?"
Mario nahm einen Schluck Kaffee und schaltet sein Gerät auf Standbild. „Ja, tatsächlich! Lass nochmal zurücklaufen!"
Ingo zeigte auf den Bildschirm: „Da kommen sie aus dem Lift." „Stopp! Die beiden Männer in den Overalls, meinst du? Die verschwinden im Appartement?" Strehler nickte begeistert. Alle drehten sich um. „Uhrzeit notieren! Und was steht auf den Overalls?" Ingo zoomte das Standbild näher heran: „Firma Müller, Gas und Wasser." las er vor und nannte den Zeitpunkt der Aufnahme: „13.48 h – Kamera 14."
„Einscannen! So Kollegen, jetzt lasst uns die Bänder von 13.30 h vor dem Haus und in der Tiefgarage anlaufen! Die werden doch nicht mit Masken im Gebäude herumgelaufen sein. Irgendeine Kamera wird sie von vorne erwischt haben und dann ab, in die Fahndung. Ich habe ein gutes Gefühl!"

Der persönliche Chauffeur hatte Neumann, wie jeden Abend zuvor, nach Hause gefahren. „Sie können Feierabend machen, Johann! Ich brauche Sie erst morgen früh wieder, zur gewohnten Zeit!" Der Fahrer bedankte sich, zog seine Schirmmütze wieder an, stieg ein und fuhr mit sanfter Geschwindigkeit zum Gästehaus, nebenan war die großräumige Garage für den privaten Fuhrpark des Geschäftsführers.

Neumann ging in die Villa, seine Hausdame begrüßte ihn mit seinem obligatorischen Drink, den er lächelnd vom Tablett nahm und bevor er im Speisezimmer verschwand, bat er darum, ihm ein paar Häppchen hierher bringen zu lassen.

Lässig tippte er auf die Fernbedienung seines TV Gerätes. Der große Flachbildschirm zeigte im Mittelpunkt einen hellen Punkt, der sich sofort zu einem scharfen Bild aufbaute. Er nahm die bereitgelegte Abendzeitung und ließ sich genüsslich in den Ohrensessel fallen.

„ . . . . und nun die Nachrichten. Hannover. . Eine Gasexplosion erschütterte heute in den frühen Abendstunden ein Hochhaus auf der Königsallee. Eine junge Frau kam beim Betreten ihrer Wohnung dabei um. Es gab mehrere Verletzte.

Stuttgart: Bei einem Banküberfall in der . . . ."

Neumann hatte die Zeitung zusammengeklappt und anerkennend genickt, als auch schon sein privates Telefon klingelte.

„Schon die Nachrichten gehört, Chef?"

Neumann erwiderte knapp: „Sehr gut! Wir reden Morgen, Boris!" Er legte sofort auf und nahm einen kräftigen Schluck. Ein aufkeimendes Problem war wieder einmal geschickt von ihm erkannt und von Boris erledigt worden. Sein Anschluss war von den Spezialisten einer Telefonfirma abhörsicher installiert worden, deshalb hatte Boris diese Nummer und konnte so ungestört seine Aufträge erhalten und mit seinem Chef kommunizieren.

Es klopfte dezent an der Tür. Man wartete, bis Neumann ein: „Ja, bitte? Was ist denn?" rief.

Die Hausdame kam herein und vermied es, ihn anzuschauen. Mit einem altmodischen Knicks und verschränkten Händen auf dem Rücken sagte sie halblaut: „Es ist eingedeckt."

„Danke, Sie können sich zurückziehen!"

Neumann nahm sein leeres Glas, lächelte zufrieden und ging über die Diele in den Saloon.

„Könnt ihr mit den Bildern was anfangen? Henzler will die in die Fahndung geben, aber wir wissen nicht, ob die Qualität dafür ausreicht."

Der IT Spezialist nahm die Bilder. „Wo sind die her? Von einer CD?" Mario nahm aus einem kleinen Koffer drei VHS-Kassetten. „Überwachungskamera. Wir haben die Laufnummern auf dem Zettel notiert."

„Gut, gib mir zwei Stunden, dann kann ich euch mehr sagen. Stell die Sachen hier ab, ich kümmere mich sofort darum."

Mario verließ die technische Abteilung der Kriminalpolizei mit einem guten Gefühl. Die Ausrüstung war hochmodern und die Männer benutzten routiniert ihre elektronischen Helfer. So konnten sie selbst verschwommene, undeutliche Objekte so gut aufbereiten, dass zum Schluss gestochen scharfe Bilder herauskamen.

Es war eine Frage von Stunden, wann die ersten Fahndungsfotos ausgestrahlt würden.

„Wir müssen ihm glauben! Er kann es nicht gewesen sein!" Mario und der Kollege Benthaus kamen durch die Tür. Sie hatten ihn vernommen, standen in dem abgedunkelten Zimmer und schauten in den hellen Raum zurück. An der hinteren Wand saß wartend ein Beamter im Halbschatten. In der Mitte stand ein Tisch mit zwei Stühlen. Auf einem saß Boris Nabokov, mit dem Gesicht zu ihnen. Kommissar Fabrizzi war enttäuscht! Beide waren sich einig, dass er das Unfallauto präpariert, das Opfer mit Whisky gewaltsam abgefüllt und anschließend bewusstlos in dessen eigenen Wagen gesetzt hatte. Als einzige Erklärung für seine sichergestellte DNA, die man als Grund für das Verhör angegeben hatte, erklärte Boris, dass er sich angeblich mit dem Verunglückten vor Wochen zufällig getroffen hatte und vielleicht waren seine Fingerabdrücke in das Innere des Autos gekommen, als ihn der Mitarbeiter einer Rüstungsfirma nach Hause gebracht hatte? Angeblich will er mit ihm zusammen in der Grundschule gewesen sein, was schwer zu beweisen wäre, da beide aus der östlichen Ukraine stammten und alle Unterlagen aus der Schulzeit vernichtet waren. Was sollte das denn für ein Zufall sein? Boris gab weiter an, dass er angeblich den ganzen Abend zuhause gewesen war und auf seinem Heimcomputer Schach gespielt hatte. Der ausgelesene Bericht in seinem PC bestätigte mit Datum und Uhrzeit, dass diese Aussage der Wahrheit entsprach. „Das kam, wie aus der Pistole geschossen. Der ist aalglatt und hat für meine Begriffe viel zu schnell seine erklärenden Antworten gehabt. Ich glaub dem kein einziges Wort!" Fabrizzi war ratlos. Boris wartete geduldig im Verhörraum, die Kripobeamten standen ratlos hinter der durchsichtigen Glasscheibe und mussten hilflos in das überhebliche Gesicht des Verdächtigen schauen, der sich natürlich bewusst war, dass er von ihnen beobachtet wurde. „Ich sehe da noch eine einzige Möglichkeit!" Ingo flüsterte so leise, dass die Kollegen ihn kaum verstanden. „Du kannst laut sprechen, der kann uns ohne Mikro nicht hören!" „Wir holen den PC hierher und lassen ihn noch einmal die gleiche abgespeicherte Partie Schach spielen!" Die Männer verdrehten die Augen. „Was soll das bringen?" Jetzt lächelte Ingo, denn er war erst jetzt darauf gekommen: „Die Partie Schach wurde gespielt, das ist Fakt! Für mich stellt sich nur eine Frage. Sind wir sicher, dass er es war? Vielleicht hat ein anderer an seiner Stelle zuhause auf ihn gewartet und diese Partie gespielt. Wenn er sie ein zweites Mal genauso oder zumindest ähnlich angeht, war er es. Ist er jedoch ahnungslos und verliert die Partie, so hat er kein Alibi, oder wie seht ihr das?" Oberkommissar Henzler nickte: „Eine Chance, eine sehr gute Chance! Tolle, ungewöhnliche Idee, holte den PC und ruft genau dieses Spiel auf! Ich bin gespannt, wie er darauf reagieren wird!" Kurze Zeit später waren sie im Büro und warteten auf die Kollegen, die den Auftrag hatten, den Heimcomputer abzuholen, als ein Beauftragter der IT-Abteilung zu ihnen kam und einen USB-Stick auf den Tisch legte.

„Der PC ist so verkabelt, dass es viel einfacher ist, wenn er auf einem, unserer Laptops seine Partie spielt. Ich habe alle Daten hier eingespeichert!"

„Na dann wollen wir mal!" Henzler stand auf. „Sie kommen mit! Schließlich können Sie am besten mit diesem elektronischen Zeugs umgehen. Haben wir ein Notebook, das wir entbehren können?" Der IT-Spezialist klopfte auf seine Umhängetasche. „Ich hab mir schon so etwas gedacht! Wohin?"

„Lasst ihn abholen und in den Verhörraum bringen, da haben wir ein Mikrofon und können alles mitschneiden!"

Boris lächelte immer noch sehr siegessicher, als man das elektronische Gerät aufklappte und ihm der Techniker die Partie aufrief.

„Bitte! Sie haben weiß, eröffnen Sie!" Boris stutzte: „Was soll das? Ich will hier raus, oder haben Sie etwas gegen mich in der Hand?"

Der Beamte wiederholte monoton seine letzten Worte: „Sie haben weiß! Eröffnen Sie! Nach der Partie können Sie gehen!" Dann nickte er dem Beamten zu, der wieder hinter seinem Rücken auf einem Stuhl Platz genommen hatte, während der Techniker den Raum verließ und zu den wartenden Beamten kam. Er klappte hier ein zweites Gerät auf, drückte ein paar Tasten und zeigte auf den Bildschirm.

„Hier sehen wir das gleiche Bild, genial, nicht wahr? Jetzt können wir genau verfolgen, wie er die Sache angeht! Ihr könnt doch Schach?" Die Männer mussten verneinen. „Nadeshda spielt gut und ich glaube, der Neue hat schon einmal mit ihr über eine Eröffnungsvariante eines Großmeisters gesprochen. Holt beide hierher, schnell!"

Als Strehler mit der Sachbearbeiterin in den hinteren Raum kamen, saß Boris immer noch unbeweglich da. Er hatte den Kopf entspannt auf seine abgewinkelten Arme gestützt und starrte auf den Monitor. Er machte keinerlei Anstalten, eine Figur virtuell zu bewegen.

Er schien auf etwas zu warten.

Nach einer untätigen Viertelstunde klopfte es an der Tür und ein Beamter kam zu ihnen. Er ging zu Henzler und flüsterte dem Leiter etwas ins Ohr. Der fluchte leise: „Auch das noch!" und verließ den Raum. Kurz danach wurde die Tür des hellen Raumes geöffnet und ein protestierender Anwalt mit einem schmierigen Anzug, der abgewetzte Ellenbogen und dunkle Flecken an der Hose aufwies, kam mit Henzler herein. Das Mikrofon war bis dahin noch eingeschaltet, aber der Anwalt ging schnell zum Tisch und drückte den Lautsprecher aus. An seinen Lippen konnte man deutlich die Worte ablesen: „Das dürfen Sie nicht! Haben Sie einen Grund, meinen Mandanten hier festzuhalten?" Später gab ihr Chef auch den nachfolgenden Dialog zu Protokoll: „Was soll der Monitor hier?" Er wandte sich an Boris und flüsterte ihm etwas zu. Dann sagte er laut: „Mein Mandant äußert sich nicht mehr zu irgendetwas, wenn Sie ihm keine konkreten Fragen stellen können! Kommen Sie, wir gehen!" Der Oberkommissar kannte auch seine Rechte: „Vierundzwanzig Stunden! Kapiert? Danach kann er gehen, wenn der Staatsanwalt keinen Haftbefehl erlässt! Wenn Ihr Mandant diese Prozedur verkürzen will und keine Lust verspürt, in einer Zelle zu nächtigen, dann fordern Sie ihn bitte auf, diese eine Partie zu spielen. Es ist wichtig für die Wahrheitsfindung!"

Der Anwalt bekam von dem hinteren Beamten seinen Stuhl gereicht, bedankte sich und schaute Boris kurz an: „Na, machen Sie schon! Ich habe seit einen Stunde Feierabend!"

Boris wurde verlegen, zum ersten Mal zitterten seine Hände und er flüsterte dem Anwalt etwas zu. „Na also! Geht doch! Mein Mandant spielt kein Schach! Er kann das gar nicht, zufrieden? So, können wir jetzt gehen?"

Henzler lächelte, denn er wusste, dass sie mit dieser Aussage gewonnen hatten, denn das war schließlich ein wichtiges Alibi für den Verdächtigen gewesen, das da soeben im Beisein seines Anwaltes soeben geplatzt war. Strehler hatte mit seiner Idee, ihn zu bewegen, die Partie nachzuspielen, richtig gelegen.

„Ich werde den Staatsanwalt bitten, Ihren Haftbefehl zu unterschreiben, Boris Nabokov! Alles, was Sie ab jetzt sagen, kann gegen Sie verwendet werden! Abführen! Ach ja!"

Er schaute den verdutzten Anwalt an: „Sie können dann endlich Ihren verdienten Feierabend antreten. Morgen geht's weiter, sagen wir um 9.ooh?"

Boris wurde in der Zelle schneller mürbe, als sie alle gedacht hatten. Schweißgebadet war er bereit, auf alle Fragen zu antworten, denn er schien tatsächlich an Platzangst zu leiden.

Jetzt kamen sie an den wahren Grund und die Hintermänner, die ihn angeheuert hatten. Er redete so schnell, dass Nadeshda mit dem Schreiben kaum mitkam.

Der Fall schien geklärt und Boris kam auf eigenen Wunsch mit zwei weiteren Häftlingen zusammen in eine größere Zelle.

Der Staatsanwalt war zufrieden und versprach, seine Bereitschaft vor Gericht zu honorieren und eine mildere Strafe zu beantragen.

Am nächsten Morgen stand Boris nicht mehr auf. Er hatte die Nacht nicht mehr überlebt und die beiden Mithäftlinge taten ahnungslos. Sie hätten überhaupt nichts bemerkt. Alles wäre völlig normal gewesen, bis zum Morgen, als man ihn zum Frühstück wecken wollte.

Die Obduktion ergab, dass Boris erstochen worden war, aber man hatte weder bei den anderen Gefangenen, noch in der Zelle die Tatwaffe gefunden. Die Beamten waren ratlos. Strehler ließ sich durch diese Erkenntnisse nicht verwirren und ging in die Haftanstalt.

Wenn man in einem geschlossenen Raum erstochen wird, so muss es eine plausible Erklärung dafür geben.

Er ließ sich zu der Zelle führen und spürte eine abneigende Haltung ihm gegenüber. Die Vollzugsbeamten machten keinen Hehl daraus, dass sie darüber nicht erfreut waren und Ermittlungen der Kriminalpolizei in ihren Gemäuern nicht einfach hinnehmen würden.

Strehler ging in den Speisesaal und setzte sich unaufgefordert, vielleicht würden manche sogar sagen, völlig naiv, zu einigen Häftlingen an den Tisch und sprach das Geschehene unvoreingenommen an.

Scheinbar unberührt aßen die Männer, ohne ihn ein einziges Mal anzuschauen, oder auf seine Fragen zu antworten.

Unverrichteter Dinge ging Strehler wieder zurück, bekam seinen Ausweis und die Dienstwaffe beim Pförtner zurück und wurde mit den Worten verabschiedet: „Na? Sind Sie jetzt zufrieden? Auf nimmer wiedersehen!"

Das schwere Stahltor rollte zur Seite, ließ ihn durchgehen, rollte zurück und verriegelte mit einem lauten, dumpfen Geräusch.

Der junge Beamte atmete enttäuscht auf, als eine Auto Hupe ertönte und Nadeshda auf ihn zufuhr. Sie drehte die Fensterscheibe herunter: „Henzler schickt mich, ich soll dich abholen.

Hattest du Erfolg?" Strehler schaute sie an: „Sieht so einer aus, der den gordischen Knoten gelöst hat? Leider nein!" Er schnallte sich an und sie Kollegin wendete den Wagen. Ingo nahm einen Notizblock, klopfte die Taschen seines Jacketts nach einem Kuli ab und fasste schließlich suchend in die Außentasche seiner Jacke. „Hähhh? Was ist das denn?" Er öffnete seine Faust und hielt einen zusammen gefalteten Zettel in der Hand: „Wenn es hier Probleme gibt, so werden die des nachts von einem Wärter gelöst, wenn du weißt, was ich damit meine. Gregor Franzen heißt dein Mann!" „Was ist? Du bist so still, wir werden eine andere Spur finden, sei nicht traurig!"

„Das glaub ich jetzt nicht! Das muss mir einer der Häftlinge zugesteckt haben und ich habe davon nichts bemerkt!"

Nadeshda bremste ab, hielt den Wagen in einer Parkbucht an und schaute den jungen Kollegen an. „Hast du einen Hinweis bekommen?"

Strehler lächelte: „Und ob! Fahr ins Präsidium. Die werden Bauklötze staunen!"

Die Zollpapiere waren einwandfrei und ordnungsgemäß deklariert. Die Auftraggeber saßen in sicheren Ländern, ein Waffenembargo war in keinem Fall unterlaufen. Nur eine Kleinigkeit fiel den Behörden auf, denn immer wieder wurden Container an Staaten geliefert, die keinen hohen Rüstungsetat hatten und die Rechnungen wurden zwar prompt beglichen, aber die Auftraggeber konnten nie eindeutig zugeordnet werden.

Dann fanden sie endlich, wonach sie so lange gesucht hatten. Als Pflanzenschutzmittel gekennzeichnet, wurden hunderte von Fässern, gefüllt mit chemischen Kampfstoffen, in Grenzregionen exportiert, die als höchst unsicher und zweifelhaft galten.

Im Außenhafen von Rotterdam konnten zwei Container vom Zoll beschlagnahmt werden.

Die Schlinge zog sich zu.

Es waren die geheimen Forschungspapiere des getöteten Dr. Leinten, der als Chemiker schnell erkannt hatte, das man diese toxischen Stoffe illegal in Granaten abfüllte und falsch deklariert für sehr viel Geld in Krisengebiete lieferte. Dazu hatte Direktor Neumann ein geradezu perfektes Netzwerk aufgebaut und als medizinisches Fachlabor getarnt.

Leinten sammelte Beweise, fotografierte gefälschte Begleitdokumente und kannte bald auch die Schleichwege, die die verplombten Container nahmen, um ohne weitere Zollkontrollen an ihren Bestimmungsort zu gelangen.

Der gesamte Vorstand der Rüstungsfirma war darin verwickelt und es ging dabei um mehrere Millionen, auf die man nicht mehr verzichten wollte. Die Zahlungen erfolgten immer wieder auf verschiedene Konten einer Privatbank auf den Cayman Islands in der Karibik.

Ein Paradies, welches keinerlei Auskünfte erteilte, keine Namen nannte und mit keinem Land der Erde ein Auslieferungsabkommen hatte.

Auch Boris Nabokov profitierte davon, führte ein sehr luxuriöses Leben und war skrupellos genug, um sogar dafür eiskalt zu morden, um den hohen Herren ihre weißen Westen zu erhalten.

Pech nur, das der kleine Polizeianwärter den Unfall des Chemikers nicht geglaubt und die ganze Sache ins Rollen gebracht hatte.

Nachsatz

Wenn man einen gruseligen, aber gut gemachten Film gesehen hat, so erscheint einem anschließend die sonst gewohnte Umgebung in einem ganz anderen Licht. Vertraute Geräusche werden zu unerklärlichen Stimmen, vorbeifahrende Autos lassen Schatten von Geistern vorbei huschen und so weiter. Ich will damit sagen, dass unser Unterbewusstsein von erlebten Sachen negativ, manchmal auch positiv beeinflusst wird. Nächtliche Geräusche, die eine natürliche Erklärung haben, können einem ängstlichen Menschen so durchaus den kalten Schweiß auf die Stirn zaubern. Nicht selten, so vermute ich, könnte sich die Angst in Panik steigern, sogar zu einem lebensbedrohlichen Herzrasen, vielleicht sogar auch zu Atemnot führen.

Wenn zum Beispiel nur ein Eichhörnchen an den Rollos gekratzt hatte, wird der Bewohner Geister vermuten, wenn er gerade im TV einen entsprechenden Film gesehen hatte. Unsere Beobachtungen sind relativ und müssen sorgsam „eingeordnet" werden. Deshalb hatte mir mein Vater geraten, jedes ungewöhnliche, nächtliche Geräusch sofort zu klären. (Ruhig schlafen könnte man danach nämlich nur noch, wenn sich der „Vorgang" normal klären lassen würde.) Er hatte mir erzählt, dass er als Kind abends zu einem benachbarten Bauern geschickt wurde, um Milch zu holen. Im Dämmerlicht sah er mitten auf dem Weg ein Ungetüm, dass schnaufen auf ihn zukam. Er rannte, von Panik ergriffen zurück, um mit seinem Onkel den gleichen Weg noch einmal zu gehen. Im Schein der mitgenommenen Taschenlampe sahen sie eine harmlose Kuh, die friedlich auf der Straße lag. Die Ausschüttung von Stresshormonen führt in solchen Situationen dazu, dass man extrem angespannt ist.

(Als eingeklemmtes Unfallopfer auf der Rückbank eines PKWs hatte ich beim Überschlagen und der anschließenden unsanften Landung auf dem Dach, 8 Meter tiefer in einem Graben neben der Autobahn, den Eindruck, als hätten sich diese Ereignisse im verlangsamten Tempo abgespielt, als wäre die Zeit stehengeblieben und ich, ein außenstehender Zuschauer, der keinerlei Schmerzen empfand. Da noch nicht!!!)

Bei vielen Menschen führt ein unerwartetes Geschehen dazu, dass der Hergang völlig falsch eingeschätzt wird. Fünf Zeugen der gleichen Tat ergeben manchmal verschiedene Versionen des Hergangs.

Oder kurz: 5 Beschreibungen – 4 Verdächtige.
Für die ermittelnden Beamten und ggf. die
späteren Richter gilt es dann zu klären, welche
Aussage durch die gemachten Ermittlungen
bestätigt werden kann und damit der Realität
am nächsten kommt.
Die exakte Aussage eines Zeugen lässt m.E.
auf eine gewisse Abgeklärtheit und Ruhe
dieses Menschen schließen. Eine solche
gewissenhafte Ruhe müssen auch Unfallärzte
haben, denn wenn sie zu emotional reagieren
würden, wäre eine Behandlung schwierig.
Der Stress zeigt sich jedoch nicht nur bei den
Zeugen, sondern auch bei den Tätern, die sich
später nicht selten durch anormales Verhalten
selbst verdächtig machen und damit verraten.
Bei einem harmlosen, zufälligen Blickkontakt
mit den Ordnungshütern fallen vielen
Menschen plötzlich ihre Sünden ein.
„Will der was von mir? Hat der etwas
gesehen? Bin ich jetzt fällig?"
Gedanken, die einem nur kommen können,
wenn man etwas auf dem „Kerbholz" hat.

Ron Mc Gobha

Herstellung und Verlag:
BoD - Books on Demand, Norderstedt
ISBN 978-3-8448-0633-5